A Trip to Salto
Un viaje a Salto

A Trip to Salto
Un viaje a Salto

Circe Maia

Translated by
Stephanie Stewart

Postscript by
Lawrence Weschler

SWAN ISLE PRESS
LA ISLA DEL CISNE EDICIONES
CHICAGO

Swan Isle Press, Chicago 60640-8790
La Isla del Cisne Ediciones

Originally published in Uruguay as *Un viaje a Salto*
by Ediciones del Nuevo Mundo, Montevideo, 1987;
and reprinted by Ediciones de la Banda Oriental S. R. L.,
Montevideo, 1992.

Postscript is largely excerpted from *A Miracle,
A Universe: Settling Accounts with Torturers,*
University of Chicago Press edition, 1998,
by permission of the author, Lawrence Weschler;
originally published by Pantheon, 1990;
portions of *A Miracle, A Universe: Settling
Accounts with Torturers* originally appeared
in a different form in the *New Yorker*.

Printed in the United States of America

First Edition

Library of Congress Cataloging-in-Publication Data

Maia, Circe.
[Viaje a Salto. English & Spanish]
A Trip to Salto = Un viaje a Salto / Circe Maia; translated by
Stephanie Stewart; postscript by Lawrence Weschler.
p. cm.
ISBN 0-9678808-7-4 (cloth: alk. paper)
I. Title. II. Title: Viaje a Salto.
PQ 8520.2.A37V5313 2004
863'.64–dc22   2004049104

Swan Isle Press is funded in part by a generous grant
from the Illinois Arts Council, A State of Illinois Agency

www.swanislepress.com

A mi esposo

Índice Contents

2	Introducción Introduction	3
8	Viaje con mi papá Trip with Papá en tren a Salto on the Train to Salto	9
18	Un viaje a Salto A Trip to Salto	19
	Páginas de un diario Pages from a Diary	
56	I	57
58	II	59
68	III	69
78	IV	79
84	V	85
90	VI	91
94	VII	95
100	VIII	101
104	IX	105
110	X	111
114	XI	115
118	XII	119
	Translator's Note	125
	Postscript by Lawrence Weschler	127
	Biographical Notes	135

A Trip to Salto
Un viaje a Salto

Una amiga de esta ciudad, que prefiere permanecer en el anonimato, me ha entregado estos escritos expresando su deseo de verlos publicados.

Los textos contienen tres relatos diferentes: los primeros dos son narraciones que hacen una niña y su madre del viaje que acababan de realizar, de Paso de los Toros a Salto, en condiciones muy especiales.

Al regresar a su casa, la madre propuso a la hija que ambas escribieran lo que recordaban, lo más exactamente posible.

En los meses anteriores la madre había empezado a llevar una especie de diario correspondiente al invierno y la primavera del año 1972 y comienzos de 1973 y resolvió agregar ese material al relato del viaje. Se trata de un diario sin fechas fijas e incompleto, pero por haber sido escrito en esa época, su publicación colaboraba con la necesidad de conocer más sobre lo ocurrido en esos años, desde el punto de vista poco frecuentado de una familia del interior del país.

Por tratarse de experiencias que compartieron en forma similar tantos compatriotas, los nombres individuales no fueron

A friend from this city, who prefers to remain anonymous, gave me this manuscript in the hopes of seeing it published.

The manuscript contains three different parts: the first two are narratives by a girl and her mother about a trip they had just taken under unusual circumstances from Paso de los Toros to Salto.

Upon returning home, the mother suggested to her daughter that they each write down what had happened, as accurately as possible.

In the months preceding the trip, the mother had begun a kind of diary corresponding to the winter and spring of 1972 and the beginning of 1973. She decided to add this material to the story of the trip. The diary is incomplete and has no specific dates, but its publication addresses the need to know more about what happened in those years, from the rarely seen perspective of a family from the country's interior.

Because these stories are about experiences shared by so many Uruguayans, the individual names were not considered important. Those who wrote the following pages are simply a

considerados importantes. Quienes escribieron las siguientes páginas son simplemente, una niña y su madre, uruguayas; años 1972 a 1974.

Circe Maia

Tacuarembó, noviembre de 1987

girl and her mother, both Uruguayan, in the years 1972 to 1974.

Circe Maia

Tacuarembó, November 1987

Viaje con mi papá
en tren a Salto

Trip with Papá
on the Train to Salto

Salimos con mi mamá de noche a las diez y media. Mamá se quería encontrar con él en el tren que venía de Montevideo, y nosotras salíamos de acá y subíamos en Paso de los Toros.

Primero salimos para Paso de los Toros en ómnibus. Mamá me llevó a mí por si a ella no la dejaban hablar con él un rato; a mí, que era la hija y era chica me podían dejar charlar con él.

Yo estaba (antes de comenzar todos los viajes) muy optimista, pensando que todo iba a salir perfectamente bien.

Cuando llegamos a Paso de los Toros pasamos dos horas en casa de M..., que es esposa de un amigo de papá que también está preso.

El tren salía a las dos de la mañana. Fuimos con M... y su hijo, que se moría de sueño, y cuando faltaba media cuadra se sintió un ruido de un tren que se iba y todos salimos corriendo con un susto bárbaro de perder el tren, pero cuando llegamos casi creyendo que perdíamos el tren, nos dijeron que ese tren tenía que haber llegado a las diez de la noche, que ese tren no era el que iba a Salto.

We left at 10:30 at night. Mamá wanted to meet him on the train coming from Montevideo, and we left here and got on at Paso de los Toros.

First we went to Paso de los Toros by bus. Mamá brought me because if they didn't let her talk with him for a while, maybe they would let me talk with him since I was his daughter and I was little.

I was (like before any trip) very optimistic, thinking that everything was going to turn out perfectly fine.

When we got to Paso de los Toros we spent two hours at M.'s house. She is the wife of Papá's friend who is also a prisoner.

The train left at two in the morning. We went with M. and her son, who was half asleep, and when there was half a block to go we heard the sound of a train leaving and we all started running, scared to death of missing the train, but when we got there almost thinking we missed it, they told us that that train was supposed to have arrived at ten o'clock, that it was not the one going to Salto.

Fuimos allí con los bolsos y esperamos como media hora para sacar los pasajes, porque se sacaban los pasajes cuando venía el tren, que paraba sólo ocho minutos y había que recorrer todos los vagones primero para ver si él venía de verdad en ese tren.

Yo seguía pensando que todo se iba a arreglar y salir lo más bien, estaba muy tranquila, pero mamá se veía que estaba nerviosa, cuando llegó el tren, ella le preguntaba al guarda y hablaba temblando por el apuro, pero de repente M... gritó: "Está aquí" y entonces mamá sacó los pasajes y subimos corriendo, pero no sabíamos dónde estaba papá, estaba oscuro, entonces M... le tocó el brazo y entonces los soldados se pusieron como arañas peludas, y se colocaron delante y detrás de él.

Mamá se sentó en un asiento y lo miraba y hacía una sonrisa, pero papá se hacía el que no la veía para no provocar más a los soldados.

Yo pensaba que los soldados después se iban a acostumbrar, pero de pronto el soldado se dio cuenta que mamá le hacía unas sonrisas y fue y le dijo: "¡O se queda quieta y callada o la

We sat down with our bags and waited about half an hour to get the tickets, because we had to wait for the train to come before M. and Mamá could buy the tickets. The train only stopped for eight minutes and they had to go through all the cars first to see if he was really on that train.

I kept thinking that everything was going to work out and be just fine, I was very calm, but you could see that Mamá was nervous, when the train came she asked the conductor and her voice was shaking from being in such a hurry, but suddenly M. shouted, "He's here" and then Mamá got the tickets and we ran to get on, but we didn't know where Papá was, it was dark, then M. touched his arm and then the soldiers became like tarantulas and stood in front of him and behind him.

Mamá sat down in a seat and looked at him and smiled, but Papá pretended he didn't see her in order not to make things any worse with the soldiers.

I thought the soldiers would get used to it after a while, but suddenly a soldier saw that Mamá was smiling at Papá and he came over and told her, "You either sit still and be quiet or I'll

bajo del tren!" Habló malo pero bajito si no la gente se daba cuenta de quiénes eran todos.

Mamá estaba que se le caía el corazón al suelo, yo un poco más cansada y nerviosa, pero siempre optimista. Mamá se quería ir de ese vagón para no provocar más, pero se sentó un poco más lejos.

Yo me senté enfrente y el soldado me miraba, pero después vio que no hacía nada y me sonrió; yo quedé más optimista todavía y mamá, cuando supo eso, quedó más contenta.

Después vino el guarda y dijo que nosotras teníamos boletos de primera clase, que por qué viajábamos en segunda y que teníamos que cambiar de vagón. Nos fuimos, pero cuando miramos para atrás, vimos que también venían papá y los soldados, y mamá quedó radiante.

Cuando amaneció, el soldado me dijo que me sentara un rato con papá, y yo quedé contentísima y fui corriendo y me senté a charlar de cómo estaba la abuela y yo le dije que estaba muy bien, que comía bien y que dormía bien. Después me preguntó qué cosas me habían dejado los Reyes, a mí y a todos mis herma-

make you get off the train!" He said it mean but quiet, otherwise people would realize who everyone was.

Mamá's heart sank to the floor, I was a little more tired and nervous, but always optimistic. Mamá wanted to leave the car so she wouldn't make the soldiers angrier, but instead she sat a little farther away.

I sat facing her and the soldier watched me, but he saw that I wasn't doing anything and he smiled at me; that made me even more optimistic, and when Mamá found out about it, she was happier.

Later the conductor came by and said we had tickets for first class, why were we traveling in second, and that we had to change cars. We left, but when we looked behind us we saw that Papá and the soldiers were coming too, and Mamá was beaming.

At dawn, the soldier told me to sit with Papá for a while, and I was really happy and went running over and sat down to talk about how Grandma was and I said that she was fine, that she was eating well and sleeping well. Then he asked what the

nos, también preguntó cómo estaba mamá. Yo le dije que bien, pero un poco nerviosa (ahí estuve mal), etc.

Al rato lo dejaron sentarse un ratito con mamá y charlar un poquito.

Cuando llegamos a Salto mamá se alejó y el soldado le puso las esposas y le tapó las manos con un pulóver para que no se notara.

El soldado le dijo a mamá que comprara cigarillos y yo se los di al soldado. Después que pasó todo fuimos al baño y yo vi una niña con la pierna enyesada y que la sostenía el padre. Entonces mamá se ofreció para ayudar y acompañarla al baño, y yo pensé: esa niña está peor que papá, porque está como presa del yeso. Diciéndole eso traté de consolar a mamá, que miraba el jeep del ejército.

Three Kings had brought for me and all my brothers and sisters, also he asked how Mamá was. I said she was good, but a little nervous (I shouldn't have said that), etc.

After a while the soldiers let him sit with Mamá and talk for a little bit.

When we got to Salto, Mamá moved away and the soldier put the handcuffs on him and covered his hands with a sweater so no one would notice.

The soldier told Mamá to buy cigarettes and I gave them to the soldier. After it was all over Mamá and I went to the bathroom and I saw a girl with a cast on her leg, leaning on her father. Mamá offered to help and take her into the bathroom, and I thought: that girl is worse off than Papá because she's like a prisoner of her cast. I said this to try to comfort Mamá, who was watching the army jeep.

Un viaje a Salto

A Trip to Salto

Escribiste apurada, hijita, y te olvidaste de muchas cosas. Yo no quisiera olvidar nada, ningún detalle. Esas cosas se viven con tanta intensidad que la memoria retorna después a ellas buscando revivirlas punto por punto y sufre si algo se escapó. Un día me vas a decir: ¿Te acordás, mamá, de aquel viaje a Salto? y yo no quiero que queden esas preguntas sueltas, aunque fuera sobre pequeños detalles. ¿Qué música ponían los soldados en el tocadiscos? ¿Qué fue lo que él les contó y que ellos se rieron? ¿Ves? Por eso escribo yo ahora. Lo malo es que me resulta dificilísimo empezar.... Mejor tú me haces preguntas para ayudarme; o no, mejor hago de cuenta que hablo con papá mismo.

You wrote in a hurry, little one, and you forgot many things. I didn't want to forget anything, not a single detail. Those things are lived with such intensity that memory later returns to them, seeking to relive them point by point and suffering if something has been lost. One day you're going to ask me, "Mamá, do you remember that trip to Salto?" and I don't want such questions to go unanswered, even if they're about small details. What music did the soldiers play on the record player? What did he tell them that made them laugh? You see? That's why I'm writing now. The only problem is that I find it extremely difficult to begin. Better if you ask me questions to help me... or no, better if I pretend I'm talking to Papá himself.

¿Que por qué quisimos hacer ese viaje? ¡Cómo para no querer hacerlo! Después de año y medio de verte sólo a través de una mesa, una hora por semana ¿cómo no querer aprovechar la oportunidad de verte, por lo menos, durante varias horas y hasta —tal vez—, de hablar?

M... me había contado el viaje que había hecho con su esposo, que regresaba también de un interrogatorio en Montevideo, viaje en el que le habían permitido hablar, mucho rato, con él. La hija había podido entrar al camarote; él le había dado naranjas. Pienso que ha de ser difícil para otra persona, que no haya pasado por experiencias similares, entender la importancia de un gesto como ése, por ejemplo, de poder comer naranjas con la hija.

Diecinueve meses sólo la hora de la visita semanal, siempre la mesa de por medio. Claro que había sido peor en el cuartel de Rivera, donde había además como un muro transparente, pues nos veíamos, pero no podíamos tocarnos. Aquí en Salto, el apretón de manos es permanente durante toda la visita, pero siempre se está "del otro lado". La mesa es la frontera infranqueable. En

Why on earth did we want to make that trip? How could we not want to make it! After a year and a half of seeing you only across a table, one hour per week—how could we not jump at the chance to see you for several hours, and even—maybe—talk with you?

M. had told me about the trip she made with her husband, who had also been returning from an interrogation in Montevideo. They let her talk with him for a long time. Her daughter was able to go into the train compartment; he gave her oranges. I think it must be difficult for someone who has not been through similar experiences to understand the importance of a gesture like that, for example, of being able to eat oranges with one's daughter.

For nineteen months we had only the hour of the weekly visit, the table always in between. Of course, it was worse at the Rivera jail, where there was also a kind of transparent wall so that we saw each other but couldn't touch each other. Now, at the Salto jail, we hold hands for the entire visit, but we are each always "on the other side." The table is the impassable border.

el tren, en cambio, estaba la posibilidad de verse y oírse en otro lugar, lleno de gente común, aunque no pudiéramos conversar entre nosotros.

Así me resolví a ir a Paso de los Toros, y M... insistió en esperarme y llevarme a la casa, a esperar la hora de la llegada del tren. La hora de la llegada no podía ser más impropria: las dos de la mañana. El tren a oscuras, la gente tratando de dormir, y nosotras corriendo —yo por el andén, ella por el interior del tren—, tratando de averiguar, en pocos minutos, si realmente venías en el tren.

Presumíamos que debía ser así, pues era el único tren nocturno a Salto en esa semana y sabíamos que los llevaban y traían en un camarote, para mayor seguridad. No contábamos que en Montevideo ustedes no habían podido conseguir camarote (¡extraña impotencia de las Fuerzas Conjuntas!) y te traían en un vagón de segunda clase, como un pasajero común, mezclado con la gente y sin esposas. M... te descubrió en la semi-oscuridad y te sacudió del brazo. ¡Gravísima falta, gravísimo error! Le tomaron todos los datos y le dijeron que "eso no iba a quedar así".

On the train, however, there was the possibility of seeing and hearing each other in another place, surrounded by ordinary people, even though we couldn't have talked with each other alone.

That's why I decided to go to Paso de los Toros, and M. insisted on meeting me and taking me to her house to wait for the train. It couldn't have come at a worse time: two in the morning. The train dark, people trying to sleep, and us running—me on the platform, M. inside the train—trying to find out in just a few minutes if you were really on that train.

We figured you had to be, since it was the only night train to Salto that week, and we knew they moved prisoners in a first-class sleeper car for greater security. We didn't realize that they hadn't been able to get first class (strange helplessness of the Joint Forces!) and were bringing you in a second-class car like a normal passenger, mixed in with everybody else and not wearing handcuffs. M. discovered you in the half darkness and shook your arm. Horrible mistake! Serious error! They took down all her information and told her, "There will be consequences."

Eso fue después que ella me gritó por la ventanilla y yo saqué los pasajes.

Al subir me encontré con la hostilidad manifiesta de algunos pseudo-pasajeros, parados, silenciosos, uno a la entrada y otro a la salida del vagón, inmóvil, a mi lado.... Yo supuse quiénes eran, pero apenas abrí la boca, apenas había empezado una frase de explicación, me la cortaron tajantemente. Nunca olvidaré el brillo furioso de los ojos del guardia, mientras susurraba casi ferozmente: "¡No trate de acercarse ni de hablar, ni una sola palabra!" ¡Qué susto tuve, qué miedo de haber arruinado todo! Miedo a haberte perjudicado, sobre todo.

Al principio, cuando te vi, con la cabeza apoyada en un saquito, haciéndote el dormido, sin querer verme, me quedé helada. Ni sentí la presencia de los guardias ante el pensamiento de que estuvieras enfermo, de que te hubieran maltratado en Montevideo. Las horribles imágenes de los recientes relatos de T... me sobrecogieron.

Después, al ver la furia de los guardias por nuestro comportamiento nos sentamos lejos; yo me senté hasta de espaldas,

This was after she shouted to me through the window and I bought the tickets.

When I got on the train I encountered the obvious hostility of some pseudo-passengers standing silently, one at the exit of the car and one at the entrance, motionless, beside me. I guessed who they were, but I had hardly opened my mouth, hardly begun a sentence of explanation when one of them cut me off sharply. I will never forget the furious glare of the soldier's eyes as he whispered almost ferociously, "Don't try to get close or talk—not a single word!" I was so scared, so afraid of having ruined everything! Afraid of having made things worse for you, above all.

When I saw you at first, with your head resting on a jacket, pretending to be asleep without wanting to see me, I froze inside. I wasn't even aware of the soldiers when I thought that you might be sick, that they might have tortured you in Montevideo. The horrible images from T.'s recent stories overwhelmed me.

Later, seeing how the soldiers were still angry, we sat farther away; I even sat with my back to you, four rows down, with N. facing me.

cuatro asientos más lejos y N... enfrente.

Comenzó el viaje con sombríos presentimientos. ¿Por qué vine, sólo a perjudicarlo?

Respirar hondo, respirar hondo, no llorar, a cualquier precio.

Mi compañero de asiento era un policía que viajaba con su hija, sentada enfrente. Ella era una jovencita tan simpática, con sus lentecitos redondos, en su cara también redonda. Nos contaron de la terrible tormenta en Montevideo, de la inundación en el barrio del Ferrocarril, que llegó a tapar autos y arrastrar personas. Todos iban con ropas mojadas, colgando a veces de las rejillas para los bultos. Ahora recuerdo que en los asientos de enfrente viajaba la rubia que levantó el gatito, en la estación de Paso de los Toros. ¿Qué qué es eso de la rubia y el gatito? Tú no los recordarás, y yo no llegué a ver el gatito, pero todo el tiempo que esperamos el tren, que demoró una hora, en la sala de espera de la estación a N... se le quitó el sueño por dar fiambre (del fiambre que me había dado M...) al gatito, que la rubia subió a la falda. Ahora ella iba enfrente y había puesto la valija sobre las

The trip began with dark premonitions. Why did I come, only to make things worse for him?

Deep breaths, take deep breaths. Don't cry, whatever you do.

The person sitting next to me was a police officer traveling with his daughter, who sat across from him. She was such a nice little girl, with her little round glasses on her round face. They told us about the terrible storm in Montevideo, the flooding in the Ferrocarril neighborhood that had covered cars and swept people away. Everyone on the train was traveling with wet clothes, and some had hung them from the luggage racks. Now I remember that across the aisle sat the blond woman who had picked up the little cat in the station at Paso de los Toros. So what about the blond woman and the cat? You won't remember them, and I never did see the cat, but the whole time we were in the station waiting for the train, which was an hour late, N. stayed awake by feeding cold cuts (which M. had given me) to the cat sitting in the blond woman's lap. Now the woman was across the aisle and had put her suitcase on her lap so she could play cards.

rodillas para poder jugar a las cartas. Unos jugaban, otros fumaban, otros dormitaban.

Yo empecé a oír tu voz sin entender qué decías, pero el tono era tranquilo, cordial. Se me fue el miedo de que te sintieras mal, pero me entristecía el que no trataras de mirarme en ningún momento. "No mires tanto, mamá —decía—, no te des vuelta, no trates de saludar. Él, ahora, no puede contestar, los guardias están todavía nerviosos. Después se van a acostumbrar, van a ver que somos tranquilas, que no vamos a desordenar y vas a ver cómo nos tratan mejor!"

"Y aunque no nos dejen hablar —seguía diciendo—, por lo menos vamos en el mismo vagón, oyendo y mirando las mismas cosas, respirando el mismo aire". Esta última frase me hizo sonreír. Yo parecía la niña y ella la persona mayor, tan sensata, tan consoladora. Yo dudaba todavía de no haberte perjudicado. La charla con el policía y su hija era fragmentaria. Los dos notaron mi turbación y me preguntaron si iba indispuesta. Les dije que no, que iba bien (respirar hondo, respirar hondo).

El inspector pasó revisando los pasajes y se sorprendió de

Some played, some smoked, others slept.

I began to hear your voice without understanding what you were saying, but the tone was calm, polite. The fear that something was wrong with you went away, but it made me sad that you never tried to look at me. "Don't look so much, Mamá," N. said. "Don't turn around, don't try to wave. He can't answer right now—the soldiers are still nervous. They'll get used to it after a while. They'll see that we're quiet, that we're not going to bother them, and you'll see how much better they treat us!

"And even if they don't let us talk," she continued, "at least we're in the same car, hearing and looking at the same things, breathing the same air." This last sentence made me smile. I seemed like the child and she the adult, so sensible, so comforting. I was still afraid of having made things worse for you. The conversation with the policeman and his daughter was fragmented. They both noticed my anxiety and asked if I was feeling all right. I said yes, I was fine. (Deep breaths, take deep breaths.)

The conductor came by collecting the tickets and was

verme viajando en segunda clase con boleto de primera. Yo le pedí por favor que me dejara quedar allí. El policía y su hija me miraban asombrados. A la hora —¿o a las dos horas?— llegó de nuevo pidiéndome que cambiara de vagón. Con disgusto me levanté, pero al sentarme en el coche-comedor, frente a un matrimonio que iba durmiendo, mi alegría fue enorme al verte aparecer, con los guardias, naturalmente. Los tres se sentaron en la mesa de enfrente, pasillo por medio. Todavía no comprendo lo que pasó. Creo que fue el inspector viejo, que conocía la situación y que quiso ponernos a todos más cerca y más independientes. Cuando el tren paró en Paso de los Toros, fue a él al primero que interrogué, desde el andén: "¿Va algún detenido en el tren?" le grité. "No, no va nadie detenido, no van policías", me contestó. "Policías, no —le dije—, militares, las Fuerzas Conjuntas. ¿No llevan a nadie? Se trata de mi esposo".

Yo hablaba tan nerviosa, tan rápidamente (ocho minutos, sólo ocho minutos para localizarte y sacar los pasajes). "Tranquilícese, señora —dijo el inspector—, no va nadie detenido en este tren". En ese momento oyó la voz de M... "Está aquí, sacá

surprised to see me traveling in second class with a first-class ticket. I asked him to please let me stay there. The policeman and his daughter looked at me in astonishment. An hour later—or two?—the conductor came by and again asked me to change cars. I got up and left in frustration, but when I sat down in the dining car, opposite a sleeping couple, I was enormously happy to see you appear—with the soldiers, of course. The three of you sat down at the table across the aisle. I still don't understand how it happened. I think it was the old conductor, who recognized the situation and tried to put us closer together, more removed from the rest of the passengers. When the train stopped in Paso de los Toros, he was the first one I had asked from the platform, shouting, "Are there any prisoners on this train?"

"No, there are no prisoners, no police," he answered.

"Not police," I said, "the military—the Joint Forces. Aren't they transporting anyone? It's about my husband."

I was speaking so nervously, so quickly (eight minutes, just eight minutes to find you and get the tickets). "Calm down, señora," he said. "There are no prisoners on this train." Just

los pasajes". Yo corrí a la ventanilla y después subí al tren, pero no vi ya al viejo inspector. Ahora había intervenido maravillosamente. Estábamos todos juntos, ¡por fin!

Había empezado a amanecer y la pobre N... se dormía sentada. Los guardias empezaron a preparar el mate. Vi asombrada que tú también tomabas con ellos. Parecían viejos amigos, aunque no se tuteaban. Yo disfrutaba oyendo tu voz contando el episodio del aceite de cocina que un soldado había puesto, en Rivera, en un jeep del ejército. De pronto vi que hablabas bajito con uno de ellos —¿el sargento, tal vez?—. Quizás les explicabas que no tenías responsabilidad alguna en mi presencia allí.

Yo charlaba con la señora que se había despertado sobre el frío que entraba por la ventanilla. "No hay solución —me dijo—, el guarda quiso bajarla, pero está trancada". Entonces vi la oportunidad de entablar conversación con los soldados, rompiendo el hielo, y con toda naturalidad le dije a uno de ellos (justamente al que me había amenazado con hacerme bajar del tren): "Joven: ¿puede cerrar la ventanilla, que entra frío para la nena?" "Sí, señora", dijo y se levantó inmediatamente comenzando a forcejear

then he heard M.'s voice, "He's here! Get the tickets!" I ran to the ticket window and got on the train, but I didn't see the old conductor. Now he had wonderfully intervened. We were all together, finally!

It was getting light and poor N. was sleeping upright in her seat. The soldiers started preparing their mate.[1] I was surprised to see you drinking it with them. You seemed like old friends, even though you didn't address each other in the familiar form. I took pleasure in hearing your voice, as you told them the story about the cooking oil that a soldier in Rivera had put into an army jeep. Suddenly I saw you speaking quietly with one of them—the sergeant, maybe? Perhaps you were explaining that you had nothing at all to do with my being there.

I chatted with the woman across from me who had been awakened by the cold air coming in through the window. "There's no way to fix it," she said. "The conductor tried to close it, but it's stuck." Then I saw my opportunity to break the ice

---

1. Mate, or yerba mate, is a tealike beverage popular in Uruguay. It is typically shared among family or friends.

sin resultado. La señora, a mi lado, estaba desconcertada con mi proceder. "Yo ya le avisé —me dijo—, que no se puede cerrar". Yo no hice ningún comentario, pero ella observaba mis continuas miradas hacia la otra mesa, y también mi continua distracción.

Tenía que repetirme todo lo que me decía y me veía escuchar sin disimulo la conversación de los hombres del otro lado del pasillo. Aún más se sorprendió cuando les ofrecía galletitas, que no aceptaron. Su asombro llegó al máximo cuando el guarda del tren me propuso llevar la nena al vagón contiguo, que venía casi vacío, para que pudiera acostarse sobre dos asientos. Ante la sorpresa de mi acompañante yo no acompañé a mi hija al otro vagón, dejándola ir sola con el guarda. ¡Y siempre pendiente de la otra mesa! Llegó a preguntarme, intrigada, "¿Usted no va a ir con ella?" "No —le dije—, yo me quedo acá, ella va solita, no hay problema".

Cuando regresó N... yo ya había iniciado un activo diálogo con los "pasajeros" de la otra mesa, preguntándoles sobre la tormenta en Montevideo y ellos me contestaban con gran naturalidad.

and start a conversation with the soldiers. In a completely natural voice I said to one of them (the same one who had threatened to make me get off the train), "Young man, could you please close the window? The cold air's coming in on my daughter." "Yes, señora," he said, and he immediately got up and started trying to push the window down, unsuccessfully. The woman was taken aback by what I had done. "I already told you it wouldn't close," she said. I didn't reply, but she noticed my constant glances at the other table and my continuous distraction.

She had to repeat everything she said to me, and she saw me openly listening to the conversation of the men on the other side of the aisle. She was even more surprised when I offered them cookies, which they didn't accept. Then the conductor came by and suggested that N. go to the next car, which was almost empty, so that she could lie down on two seats. When I let her go alone with him, the woman's astonishment reached its peak. And always eavesdropping on the other table! The woman finally asked me, intrigued, "You're not going with her?" "No," I said, "I'm staying here. She can go by herself. It's not a

Tú ya empezaste a mirarme y a sonreírme. En un momento, viendo que N... tenía frío, me pasaste tu saquito gris, en silencio. El saquito cruzó, de tus manos a las mías, a través del pasillo, y yo le dije a N...: "Póngase el saquito de papá". Mis acompañantes empezaron en ese momento a comprender. Como vi la mirada interrogante, le dije bajito a la señora sentada conmigo: "Es horrible que no dejen ni siquiera a la hija conversar con él". La señora se sintió inmediatamente partícipe en una situación novelesca.

"Consideran una falta grave —le dije—, el atender a un enfermo de la organización sin denunciarlo". Eso era cierto, pero no era tu caso. No habías llegado a atender a nadie, pero ¿cómo explicarle la tipificación del delito por el cual te habían iniciado el proceso? El eterno versito: "Atentado a la Constitución en el grado de conspiración", había permitido procesar, en un sólo día, los sesenta detenidos en el cuartel de nuestra ciudad. Tipificación grave, delito no excarcelable, pena de penitenciaría que todavía no había sido dictada y que oscilaría entre los dos y los seis años.

problem."

When N. came back, I had already started a conversation with the "passengers" at the other table, asking them about the storm in Montevideo. They answered my questions quite naturally.

You had begun to look at me and smile. At one point, seeing that N. was cold, you passed me your gray jacket in silence. The jacket crossed over the aisle, from your hands to mine, and I told N., "Put on Papá's jacket." In that moment my companions began to understand. Seeing the quizzical look of the woman sitting across from me, I said to her in a low voice, "It's awful how they don't even let his daughter talk to him." The woman immediately felt like she was in a scene from a novel.

"They consider it a serious crime," I said, "to treat a patient from the Organization[2] without reporting him." This was true, but it was not your case. You hadn't actually treated anyone, but how to explain to her the classification of crime with which

2. The terms "the Organization," "the Movement," "the opposition," and "the Tupamaros" all refer to the Movement for National Liberation—Tupamaros, a radical, urban-guerrilla political organization.

El tren avanzaba con exasperante lentitud. Las vías en mal estado obligaban a una marcha lentísima. Todo estaba también deteriorado dentro del tren. No sólo las ventanillas no cerraban o no se abrían; había coche-comedor, pero no comida para ser servida. Sólo habían tristes y carísimos sandwiches de mortadela que pasaba ofreciendo un mozo por todos los vagones. Un matrimonio extranjero entró, desconcertado, al coche-comedor. Pretendían tomar un té, desayunar —era ya plena mañana— pero les dijeron que el coche-comedor iba ocupado. Más bien creo que no les dijeron nada. La realidad deprimente del coche-comedor se encargó de desanimarlos.

Además de su asombrosa lentitud, el tren realizaba paradas misteriosas que luego eran explicadas por la presencia de animales en las vías. El choque con una vaca, me dijeron, podría hacerlo descarrilar. Por la ventanilla se veían campos desiertos. Empezó a hacer calor. El soldado más joven, que a pesar de estar vestido de civil no pudo disfrazar mucho su condición porque el frío de la madrugada lo había obligado a cubrirse totalmente con el capote militar tan conocido, se quitó por fin el capote y lo puso

they had initiated your prosecution? The eternal little line, "Attack on the Constitution with the intent of conspiracy," had allowed, in one day, the prosecution of the sixty prisoners in our city jail. Serious offense, crime punishable by imprisonment, sentence still not determined but ranging from two to six years.

The train advanced with exasperating slowness, forced to a crawl because the tracks were in such bad condition. Everything inside the train was deteriorated as well. Not only did the windows not open or close; there was a dining car with no food, just limp, expensive sausage sandwiches offered by a waiter passing through all the cars. A foreign couple came into the dining car looking confused. They wanted to have some tea, eat some breakfast—it was already midmorning—but they were told that the dining car was full. Actually, I don't think they were told anything. The depressing reality of the place was enough to discourage them.

Besides its astonishing slowness, the train made mysterious stops which were later explained by the presence of animals on the tracks. They told me that hitting a cow could derail the

colgando sobre la ventanilla para tapar el sol que daba sobre la cara de N..., dormida sobre el asiento. Gestos de este tipo, tan simpáticos, tan humanos se produjeron a partir de ese momento teniendo como centro otra niña, muy pequeña, que uno de ellos iba a buscar a cada rato. Le hacía caballito sobre las rodillas, le daba galletitas. Después se la pasaba a N... y las convidaba a ambas con dulce de leche y queso.

Extrañas demostraciones, en verdad, de sentimientos humanitarios en ambos bandos. Como si no fuéramos representantes de odiados e irreconciliables enemigos. Recordé la foto de la emboscada tupamara con los soldados muertos en el jeep. La foto estaba en la puerta del cuartel para que no olvidaran nunca. ¿Cómo olvidar, a su vez, todos los que ellos torturaron y mataron?

El tren continuaba avanzando lentísimo, marchando con lentitud también hacia el mediodía. El sargento —o lo que fuera— resolvió que era hora de bajar los bolsos que tenían asado frío y galletas. Me pareció que tú comías tanto y tan bien como tus guardianes, que estaban ahora de excelente humor.

train. Through the window one saw deserted countryside. It began to get hot. The youngest soldier, who in spite of wearing civilian clothes could not easily hide his status, since the early morning cold had forced him to put on the well-known military cloak, finally took the cloak off and hung it over the window to keep the sun out of N.'s face. She was sleeping in her seat. Gestures like this, so nice, so human, appeared from then on, focused on another little girl whom one of the soldiers occasionally went to look for. He played horsey with her on his knees and gave her cookies. Later it was N.'s turn, and he treated them both to dulce de leche and cheese.

Strange demonstrations, actually, of humane sentiments on both sides. As if we weren't representatives of irreconcilable enemies who hated each other. I remembered the picture of the Tupamaro ambush with the dead soldiers in the jeep. The picture was on the jail door so that the soldiers would never forget. At the same time, how could we forget all the people whom they had tortured and killed?

The train kept inching along, crawling towards midday.

Después de comer siguieron escuchando música. ¡Qué aburridoras cumbias! Tú decías: "A veces parece rayado pero es así nomás; la tonada no es muy variada, ¿verdad?" Ellos, imperturbables, respondieron a una observación sobre el peligro de dañarse el tocadiscos con el movimiento del tren. No parecía preocuparles el hecho, ni tampoco la extraña ondulación que tenían los discos y que ellos atribuían al calor.

En cierto momento tocaron "Puerto de Santa Cruz". Tú me hiciste el gesto de que esa música era más agradable que las anteriores. Tenía cierta nostalgia, cierto acento triste que estaba más en consonancia con nuestro estado de ánimo.

Llegada a Paysandú. Descenso del matrimonio sanducero que se había hecho —especialmente la señora— completamente solidario con nuestra situación. Se bajaron deseándonos mucha suerte para que pronto estuvieras en libertad. El esposo se había mantenido bastante silencioso y algo perplejo. Ella, en cambio, me contó en voz baja, que era tía de un integrante bastante importante del Movimiento, que estaba detenido en Paso de los Toros, hacía también más de un año. Averigüé su nombre y resultó

The sergeant, or whatever he was, decided it was time to get down the sacks of cold cuts and crackers. You seemed to eat as much and as well as your guards, who were now in an excellent mood.

After eating, they listened to music. What boring *cumbias*! "Sometimes it sounds like the record's scratched, but that's just the way the music is," you said. "The melody doesn't change very much, does it?" The soldiers, imperturbable, responded to a comment about the danger of damaging the record player from the movement of the train. It didn't seem to worry them, nor did the weird undulation of the records, which they attributed to the heat.

At one point they played "Puerto de Santa Cruz." You gestured to me that this song was better than the ones before. It had a certain nostalgia, a certain sadness that was more in keeping with our spirits.

Arrival at Paysandú. Departure of the couple across from me who had become—especially the woman—complete supporters of our situation. They got off the train saying they hoped

ser E..., el profesor de Matemáticas del que me había hablado M.T... pues eran compañeros del liceo. No era nada extraño. ¿Quién no tenía a esta altura en nuestro Uruguay algún pariente, algún amigo o por lo menos algún conocido, en "la sedición" como ellos dicen?

De pronto, nos vimos solos en el salón-comedor. Traté entonces de explicar mi comportamiento y el de M... en Paso de los Toros. Ellos estaban interesados sobre todo en saber cómo estaba yo enterada que venías en el tren, y por qué había subido en Paso de los Toros. Aclarados estos puntos: que en realidad no estaba muy segura que venías, que sólo presumía, y por eso todo el nerviosismo, se tranquilizaron del todo, sobre todo al saber que yo tenía otro motivo para viajar a Salto, y era pedir una visita extra. (Según me había enterado concedían —a veces— quince minutos como entrevista de cumpleaños o aniversarios de boda.)

El pedido era en realidad un pretexto, puesto que llegaba un día después y a una hora inoportuna para visitas, pero los soldados de la guardia quedaron más satisfechos, dispuestos

you would soon be free. The husband had remained rather quiet and somewhat perplexed, but the woman had told me in a low voice that her nephew was a fairly important member of the Movement, and that he had been arrested in Paso de los Toros, also more than a year ago. I asked his name and it turned out to be E., the mathematics professor whom M.T. had told me about because they had been schoolmates. It wasn't anything unusual. Who in our Uruguay did not have, by now, some relative, some friend, or at least some acquaintance among "the subversives," as they call them?

Suddenly we found ourselves alone in the dining car. I tried then to explain to the soldiers my and M.'s behavior in Paso de los Toros. They were mainly interested in how I found out that you were coming on the train, and why I had gotten on at Paso de los Toros. Once all this was understood, that in reality I wasn't very sure you were coming, that I had only presumed it and that's why I was so nervous, they calmed down about everything, especially when they learned that I had another reason for going to Salto, which was to request an extra visit. (I had heard that they

inclusive a festejar nuestro aniversario, con vino primero y grapa después. Ellos aceptaron fácilmente que yo comprara las bebidas y hasta eligieron.

Se aproximaba la hora de la llegada a Salto. ¿No nos dejarían sentar juntos un ratito? Vi que conferenciaban entre ellos en voz baja y luego te permitieron correrte hasta mi asiento.

¡Otra vez, como hacía un año, cinco minutos junto en el mismo asiento, sin mesa de por medio! ¿No pensaste en la entrevista que nos concedió el comandante en plena incomunicación, a los dos meses de no vernos? A ti te habían quitado hacía poco las vendas de la incomunicación y tenías un aspecto como de convaleciente. ¡Cuánto te habías fortalecido en ese año! Acababas de pasar seis días en un calabozo por la primera vez, viendo las rejas por primera vez en tanto tiempo, y habías logrado superar esa experiencia y hablabas y me contabas todo por la mitad, entre besos.

Rápidamente, a un gesto del sargento volviste a tu lugar.... Pero yo no quedé sola; me sentía muy acompañada con tu cuaderno. ¿Ves qué desorden? No apunté el hecho asombroso: ¿cuándo

granted—sometimes—fifteen-minute meetings for birthdays or wedding anniversaries.)

The request for this was actually a pretext, since I was arriving a day late and at the wrong time for visits, but the soldiers were satisfied, disposed even to celebrate our anniversary, first with wine and then with *grapa*. They readily accepted my offer to buy the drinks and even chose which ones they wanted.

We were almost to Salto. Wouldn't they let us sit together for a little while? I watched them consult with each other in low voices, then they let you rush over to my seat.

Five minutes together again, like a year ago, with no table between us! Didn't you remember the meeting granted to us by the commander when you were still incommunicado and we hadn't seen each other for two months? They had just taken off your blindfold then and you looked like a convalescent. How much stronger you had grown in the year since then! This time you had just spent six days in Montevideo in an isolation cell for the first time, seeing bars for the first time, and you had managed to make it through that experience and you talked and told me

ocurrió exactamente? ¿Fue antes o después del mediodía, en que le pasaste a N... una revista en la que iba disimulado un cuaderno que habías escrito en Montevideo, en los seis días de calabozo?

Allí veo anotados pensamientos desordenados, tal como se te iban ocurriendo en esos días, siempre como si fuera en diálogo conmigo. Lo que más me había dolido siempre era no poder compartir nada de tus experiencias y ahora el cuaderno me permitía acceder a ellas, por lo menos, indirectamente. Ahora el cuadernito es mi compañía permanente.

Al aproximarse a Salto el tren apresuraba la marcha. Tal vez los únicos kilómetros de vía en buen estado fueran esos.

El hiriente pensamiento de que serías sin duda, esposado al bajar me hizo tratar de alejar a N.... Bajamos dos vagones más adelante, pero N... te volvió a ver con el saquito gris sobre las muñecas, esperando el jeep del ejército. Ella te fue a llevar cigarrillos. Esto lo había sugerido un soldado, que apareció sorpresivamente ("¿No pensaba comprarle cigarrillos? Ahí enfrente venden..."). Compramos varias cajillas y antes que yo pudiera impedírselo, N... corrió a llevártelas. Volvió corriendo y

half of everything in between kisses.

Quickly, at the sergeant's gesture, you returned to your seat.... But I wasn't left alone: your notebook was with me. See how unorganized this is? I forgot to mention that amazing fact. When did it happen exactly? Was it before noon or after, when you passed N. a magazine in which you had hidden a journal, written in Montevideo during your six days in the cell?

The journal is full of scattered thoughts, the way they occurred to you during those days, as if you were talking to me. What had always hurt me the most was not being able to share any of your experiences, and now the journal gave me access to them, at least indirectly. Now the little notebook is my constant companion.

As we approached Salto the train picked up speed. Maybe that was the only stretch of good track.

The painful thought that you would surely be handcuffed once off the train made me try to get N. away to where she wouldn't see you. We got off two cars ahead, but she saw you again with the sweater over your wrists, waiting for the army

quedamos esperando el ómnibus, hasta que llegó el jeep. No te vi subir. Vi un gesto que partía del interior, una mano que saludaba, y contesté maquinalmente, pero no eras, no podías ser tú, naturalmente; era un soldado que saludaba a otro que había quedado en la parada.

Como el ómnibus demoraba, N... quiso ir al baño de la estación. Allí encontramos a una niña enyesada, a quien el padre sostenía, indeciso, en la puerta del baño. Yo me ofrecí a llevarla. "¿Cómo te quebraste la piernita?" "No me la quebré —dijo—, es un defecto de nacimiento. Ahora tengo que estar por lo menos un año y medio así".

N... aprovechó para decirme aparte: "¿Ves, mamá? Ella está como presa del yeso". Tomamos luego el ómnibus y resolvimos llamar a M... para tranquilizarla, pero las líneas no funcionaban. Tampoco el telégrafo, después de una caminata inútil. N... me esperaba en la heladería ya nerviosa por mi demora. Renunciamos a ir al cuartel, porque a esa hora no nos atenderían. Esperamos el ómnibus de Tico sentadas en un murito enfrente del Juzgado de Paz y Correo a la vez, viendo dos casamientos

jeep. She went to bring you cigarettes. A soldier had suggested this, surprisingly coming over to us ("Why don't you buy him some cigarettes? They sell them over there."). We bought several packs and before I could stop her, N. ran to give them to you. She ran back and we stayed to wait for the bus. The jeep came. I didn't see you get in. I saw a gesture from inside the jeep, a hand that waved, and I waved back automatically, but it wasn't you, it couldn't have been you, of course; it was a soldier waving to another soldier who had stayed behind at the bus stop.

Since the bus was late, N. wanted to go to the bathroom in the train station. There we found a girl wearing a cast, leaning on her father who was standing hesitantly outside the bathroom door. I offered to take her inside. "How did you break your leg?" I asked. "I didn't break it," she said. "It's a birth defect. Now I have to be like this for at least a year and a half."

N. took the opportunity to tell me privately, "You see, Mamá? She's like a prisoner of her cast." Then we caught the bus into town and decided to call M. so she wouldn't worry, but the phone lines weren't working. Neither was the telegraph,

simultáneos. En el ómnibus iba gente muy quemada, que había pasado el día en las Termas. Bajamos en el empalme. Esperamos en la carretera, a la sombra de un árbol. (¡N. se sentó en el saquito que nos prestaste!)

El ómnibus de Copay, como siempre, venía lleno. Al principio íbamos paradas, después nos sentamos. Llegamos a Tacuarembó a las nueve de la noche. Te había visto durante once horas y te habíamos hablado, aunque fuera un ratito.

I discovered, after a useless walk. N. waited for me at the ice cream store, nervous because I took so long. We decided to forget about going to the jail since they wouldn't help us at that hour. We waited for the Tico bus, sitting on a little wall in front of the municipal building, watching two simultaneous weddings. On the bus, people were sunburnt from having spent the day at the Hot Springs. We got off at the junction. We waited beside the highway, in the shade of a tree. (N. sat down on the jacket you had lent us!)

The Copay bus was full, as always. We had to stand at first, then later we sat down. We got back to Tacuarembó at nine p.m. I had seen you for eleven hours and we had talked to you, even if it was only for a little while.

Páginas de un diario

Pages from a Diary

I

He relatado hechos; no es lo que quiero. Quiero explicar y explicarme a mí misma cómo se ha producido este desdoblamiento; cómo ha aparecido esta segunda dimensión de la existencia.

Ahora, por ejemplo, veo jugar los niños en el fondo, oigo risas, gritos; de pronto uno se cae, llora. Yo intervengo y mi propia intervención forma parte de este primer plano, el menos real, el más superficial, que me aparece a veces como una comedia. Por detrás de estos sucesos y de todos los que mecánicamente se van sucediendo durante el día, está la realidad verdadera: estás en el cuartel, estás procesado, preso.

Esa ausencia siempre está detrás de los acontecimientos o mejor dicho, está delante, entre todo lo que ocurre y yo, distanciándome. Esto ya puede parecer una frase, pero no es así. Es que resulta tan difícil referirse a esta situación. He aprendido mucho sobre la capacidad de resistencia y de recuperación del ser humano y sobre otras muchas otras cosas.

I

I have told facts; that's not what I want. I want to explain, and understand, how this splitting has occurred, how this second dimension of existence has appeared.

Right now, for example, I see the children playing in the backyard, I hear laughter, shouts; suddenly one of them falls, cries. I intervene and my own intervention forms part of this first dimension, the less real, the more superficial, the one that sometimes seems like a comedy. Behind these occurrences and all those that go on occurring automatically throughout the day, is the true reality: you are in jail, prosecuted, a prisoner.

Your absence is always behind things, or rather, it's in front, between me and everything that happens, distancing me. This may already sound like a cliché, but it's not. It's just so difficult to talk about this situation. I have learned a lot about the human being's capacity for resistance and recuperation, and about other many other things.

II

Algo que he descubierto: la gran cantidad de mecanismos de defensa que ponemos en juego contra el sufrimiento. Uno, negar las causas, minimizarlas. Esto, realizado por ellos, es valeroso. (Si estamos bien, dormimos bien, no te preocupes.) Realizado por nosotros, es vergonzoso. "¡Si están lo más bien!" decía una señora, madre de un muchachito del P.O.R. "Pensar que los vemos una hora entera a la semana, además, y no media hora cada quince días como a los del Penal de Libertad".

Negar el sufrimiento, compararlo con otro peor, habituarse a él, he ahí tres mecanismos de defensa que entran en juego, constantemente. Entonces todo tiende a parecer natural. En las largas filas frente a los cuarteles, colas de gente esperando la visita, se oyen a veces risas. ¡Ah! el humor también, olvidaba citar el principal elemento de defensa. Vuelvo a distinguir adentro y afuera del cuartel. Entre ellos, adentro, eso es admirable. Si algún compañero anda caído, nos dicen, ya aparece la broma, la actitud risueña, aún el humor negro.

II

Something I've discovered: the great number of defense mechanisms that we put into play against suffering. One, to deny the causes, to minimize them. Used by the prisoners, this is courageous. "We're doing well, we're sleeping well. Don't worry." Used by us, it's shameful. "They're doing great!" said one woman, the mother of a young man from the Revolutionary Workers Party. "Besides, we get to see them for a whole hour each week, and not a half hour every fifteen days like the ones in Libertad Prison."

To deny the suffering, to compare it to something worse, to get used to it; these three defense mechanisms constantly come into play. Then everything tends to seem natural. In the long lines in front of the prisons, in the rows of people waiting for the visit, you sometimes hear laughter. Ah! Humor, too—I forgot to mention the principal element of defense. Again I distinguish between inside the prison and outside. Among them, inside, it's admirable. They tell us that if one of them is feeling down, right

Entre nosostros, afuera, es diferente. Una cosa es la actitud risueña en la visita, donde la simulación puede ser una virtud y la alegría simulada ser un compuesto de alegría real (¡verse y oírse!) y agudo sufrimiento. Otra cosa muy distinta, que ofende, que lastima, es la ligereza con que se refieren otras personas a ciertos hechos. En el instituto, por ejemplo, una persona amiga —y no dudo de sus buenos sentimientos—, me preguntó si no aprovechábamos para "hacer manito" por abajo de la mesa, cuando no miraban los soldados de guardia. Preguntas en son de broma, como esa, o comentarios como el de una prima, el día de la primera visita, después de cuatro meses de incomunicación: "Tu marido estaría radiante, de verlos por fin después de tanto tiempo. Me imagino qué contentos que estarán todos". Esto dicho con absoluta buena fe y con una incomprensión tan, tan profunda que era imposible responderle nada. De pronto aparecía lejanísima, a años luz de distancia. ¿Para qué contestarle? A esa distancia no nos oiría.

Y así es. A la distancia a la que están colocados no nos oyen. Podría uno tratar de explicarles y no entenderían. Las pal-

away the others tell jokes, put on cheerful attitudes, even use dark humor.

Among us, outside, it's different. One thing is the cheerful attitude during the visit, when pretending can be a virtue and simulated happiness a composite of real happiness (to be seeing and hearing each other!) and sharp suffering. Something else very different, though, which offends and hurts, is the lightness with which other people refer to certain facts. At the school, for example, a friend—and I don't doubt her good intentions—asked me if we didn't take advantage of when the soldiers weren't looking to play "footsy" under the table. Joking questions like that, or comments like the one made by a cousin, the day of the first visit, after four months of being incommunicado, "Your husband will be thrilled to see you after so long. I can imagine how happy everyone must be." This said in absolute good faith and with an incomprehension so, so deep that it was impossible to answer her. She suddenly seemed very far away, light years away. Why answer her? At that distance she wouldn't hear us.

And that's the way it is. Being so far away, they don't hear

abras "cuatro meses de incomunicación" no significan lo mismo, naturalmente para ella que para nosotros. Día por día, todo el invierno, con un solo billetito semanal, de pedidos. (Ropa de abrigo, libros, un remedio, una jarrita de loza.) Y de pronto, un día cualquiera, después de largos meses, aparece el juez, los procesa, levanta la incomunicación y entonces quedamos bruscamente frente a frente, sentados en largos bancos de madera separados por brevísimo espacio, porque la mesa no alcanzaba para todos. Al inclinarnos, casi nos rozábamos. Y esto era lo monstruoso: había que frenar el impulso fortísimo que tendía a arrojarnos a uno en los brazos del otro. La orden militar estricta de no tocarse era algo más sólido, más real que rejas o muros.

Luchando por tratar de decir animosas palabras que salen desteñidas y absurdas, mientras la mirada adquiere una sensibilidad casi táctil y recorre el rostro macilento, el pelo cortísimo (otros están rapados, porque estuvieron en Montevideo), los brazos enflaquecidos llenos de extrañas marcas....

Después supe que te las habías hecho tú mismo sin darte cuenta al crispar las manos con los brazos cruzados, oyendo a tu

us. One could try to explain it to them but they wouldn't understand. The words "four months of being incommunicado" do not mean the same to her, naturally, as they do to us. Day after day, the whole winter, with only a brief note once a week—of requests. (Warm clothes, books, medicine, a clay jar.) Then suddenly, on no particular day, after long months, the judge appears, finds them guilty, lifts the incommunicado order, and we're left abruptly face to face, sitting on long wooden benches and separated by the smallest space because the table wasn't long enough for everyone. Leaning forward, we almost brushed against each other. And this was what was monstrous: we had to contain the overwhelming impulse to throw ourselves into each other's arms. The strict military order of no touching was something more solid, more real, than bars or walls.

Struggling to try to say upbeat words that come out faded and absurd, while the eyes acquire an almost tactile sensibility and trace the gaunt face, the clipped hair (others are shaved because they were in Montevideo), the weakened arms covered with strange marks....

alrededor (porque las vendas no impedían oír) los gemidos de los torturados.

Y yo repitiendo como una estúpida: bueno, ya pasó, ya pasó, como se le dice a los niños cuando se lastiman.

"Este es el reino de la humillación constante", me dijiste, —yo creo que mirabas más a tu hermano que a mí. "Si estás recostado o con la mano en la cara, por ejemplo, no estás en posición reglamentaria".

Hay soldados rasos, gente de campaña, que tienen gestos muy humanos. "Que tenga paciencia el doctor —me dijo uno de ellos un día—, ahora no tiene más remedio que aguantar y aguantar". Yo quería que se dijera: resistir y esperar, pero yo estaba afuera, hablaba otro idioma.

Aquella primera visita me dejó una sensación extraña, como de haber recibido un golpe a la vez fortísimo y silencioso. Era un sensación de irrealidad. Todos parecían salir tan contentos. "La gente está con un estado de ánimo bárbaro, ¿eh?" era la frase más oída. A mí me parecía imposible hasta pensar coherentemente. Todo el ambiente: un día muy caluroso, la larga cola

Later I found out you had made the marks yourself without realizing it, clenching your hands with your arms crossed, hearing (since the blindfold didn't prevent you from hearing) the moans of the tortured around you.

And me repeating stupidly, "It's okay, it's okay, it's over," like what you say to children when they get hurt.

"This is the kingdom of constant humiliation," you told me. I think you were looking more at your brother than at me. "If you're leaning on something, or you have your hand on your face, for example, you're not in the proper position."

There are some soldiers—privates, country people—who have very human attributes. "The doctor has to be patient," one of them told me one day. "There's nothing else he can do now except put up with it and wait it out." I wanted him to have said, "The doctor can resist and hope," but I was on the outside, I spoke another language.

That first visit left me with a strange sensation, as if I had received a blow at once powerful and silent. It felt unreal. Everyone seemed to leave so happy. "They're all in great spirits, aren't

al sol, el azul del cielo sobre las alambradas de púa de los muros, y aquella larga mesa como de banquete siniestro, con comensales pálidos de ojos enrojecidos y amplias sonrisas rígidas.... El horror de aquella primera visita todavía me sobrecoge. Salí caminando mecánicamente, respondiendo también mecánicamente a las preguntas de amigos y familiares: "¿Y cómo lo encontraste?" "Bien, bien, estaba bien".

they?" was the comment most often heard. As for me, I couldn't even think straight. The whole atmosphere: an extremely hot day, the long line in the sun, the blue of the sky above the barbed wire on the walls, and that long table like a sinister banquet, the pallid guests with red eyes and wide, rigid smiles.... The horror of that first visit still overwhelms me. I came out walking automatically, responding automatically to the questions of friends and acquaintances, "So, how was he?" "Fine, fine. He was fine."

III

"...Porque somos como troncos hundidos en la nieve sobre una pendiente, parecen prontos a rodar al primer golpe de viento, pero no es así; están firmemente apoyados en la nieve. Pero ¡cuidado! esto también es apariencia". Leí algo así no recuerdo dónde.

Me ha impresionado su significado profundo. Efectivamente, ha soplado el viento y resistimos, no rodamos por la pendiente, permanecemos firmes. Pero en realidad no resistimos más que relativamente; pasado un límite —mucho mayor, es cierto del que hubiéramos imaginado—, nos desmoronamos sin remedio. Naturalmente, el límite es variable para cada uno, pero existe.

"Yo no hubiera creído —dice la madre de un muchacho amigo—, que pudiera pasar tantos momentos horribles y no moriría de pena, ni enloquecería". Ella había recorrido cuartel por cuartel en Montevideo buscando a su hijo sin encontrarlo. Lo soltaron después de varios meses y después de crueles tortu-

III

"... Because we are like logs sunken in the snow on a hill, logs that seem ready to roll at the first gust of wind, but that's not how it is; they are firmly planted in the snow. But—careful!—this also is appearance." I read something like that I don't remember where.

Its deep meaning has impressed me. In effect, the wind has blown and we resist, we don't roll down the hill, we stay firm. But in reality we resist only relatively; past a certain limit—much greater, it's true, than what we had imagined—we crumble helplessly. Of course, the limit is different for each person, but it exists.

"I wouldn't have believed," said the mother of a young man we know, "that I could go through so many horrible moments and not die of pain or go crazy." She had run around from prison to prison in Montevideo, looking for her son and never finding him. He was set free several months later, after being cruelly tortured, without ever being tried.

ras, sin llegar nunca a ser procesado.

No, no hemos muerto de pena, no hemos enloquecido tampoco. Sin embargo, en cierto momento, creí franquear el límite. Estaba hamacando el cochecito de la chiquita y le cantaba suavemente, pero mi pensamiento se enfrentaba al sombrío presente y estaba lleno de presagios sobre un porvenir aún más sombrío. Se hablaba de que el Parlamento sería disuelto, la enseñanza intervenida, los partidos de izquierda y los sindicatos prohibidos.... No eran simples rumores pues todo eso pasó realmente. Se vio avanzar, paso a paso a la dictadura y en la boca de muchos, el Movimiento era responsable. "¡Empujaron al país hacia el fascismo!" Ese reproche me resultaba particularmente hiriente. Tanto sufrimiento, tanta sangre derramada, ¿para qué? ¿Para llevar al país a una repugnante dictadura? No me convencía la defensa que se basaba en la acentuación de las oposiciones como beneficiosa, como acelerando el proceso. Por desgracia, todo parecía ahora más turbio. Consolidado el régimen militar con una prensa adulona y servil —¡cuánto tiempo podría durar así! Muchísimo, sin duda. Entonces, ¿todo había

No, we have not died of pain, neither have we gone crazy. Nevertheless, at one point I thought I had gone past the limit. I was rocking the baby's cradle, singing softly to her, but my thoughts were confronting the dark present and were filled with omens of an even darker future. It was said that Parliament would be dissolved, education controlled, leftist parties and unions prohibited.... These were not simply rumors since all of that actually happened. You could see things advancing step by step towards the dictatorship, and in the mouths of many the Movement was responsible: "They pushed the country towards fascism!" That reproach was particularly hurtful to me. So much suffering, so much blood spilled, for what? So we could end up with a disgusting dictatorship? I was not convinced by their defense, which emphasized the opposition as beneficiary, as accelerating the process. Unfortunately, everything seemed murkier now. The military regime consolidated with a fawning and servile press—how long could it go on like this? A long time, no doubt. So, had all of their efforts been negative?

The worst that can happen is the loss of meaning: things

sido negativo?

Lo peor que puede ocurrir es la pérdida de sentido: los hechos ocurren pero no son interpretados o son interpretados por posiciones contradictorias igualmente convincentes o igualmente faltas de convicción. Así me sentía yo, incapaz de entender ya nada políticamente. Pensando en estas cosas movía el cochecito, cuando de pronto, al dirigir los ojos hacia un rincón mal iluminado, distinguí un muñeco desnudo, con el brazo levantado. El brazo parecía moverse, como saludándome. Apreté fuertemente los ojos y volví a abrirlos: por segunda vez el muñeco inclinó suavemente la cabeza y movió el brazo. Un horror frío me penetró. Corrí hacia el cuarto en que cosía mi hermana y le conté bajito, llorando silenciosamente (¡ojo los niños!) mi temor de haberme empezado a desmoronar mentalmente. Ella me confortaba quitándole importancia al hecho: seguramente no volvería a repetirse. Efectivamente no se repitió pero por mucho tiempo, ver el muñeco, que tenía los ojos semivaciados, hundidos, me daba malestar. Miedo, sí. ¿Quién no lo tiene frente a estas cosas? El verdadero horror no es un monstruo espantoso

happen but they are not interpreted, or they are interpreted by opposing arguments which are both equally convincing or equally lacking in conviction. That's how I felt, incapable anymore of understanding anything politically. Thinking about all of this, I was rocking the little cradle when suddenly, glancing towards a dark corner, I noticed a naked doll with one of its arms raised. The arm seemed to move, as if waving to me. I squeezed my eyes shut and opened them again. For the second time the doll gently tilted its head and moved its arm. A cold horror went through me. I ran to the room where my sister was sewing and told her in a low voice, crying silently (watch out for the children!), that I was afraid I had begun to fall apart mentally. She comforted me by saying it wasn't important, and surely wouldn't happen again. And it didn't. But for a long time afterwards, seeing the doll, with its sunken, semivacant eyes, made me very uneasy. Afraid, yes. Who isn't, when faced with these things? The true horror is not a terrifying monster that wants to devour us, but a little rubber doll that waves and smiles.

Returning to the idea I wanted to explain: there are lim-

que quiere devorarnos, sino un muñequito de goma que saluda y sonríe.

Vuelvo a la idea que quería explicar: hay límites. A veces los franqueamos por un instante y volvemos rápidamente atrás, como quien pisa un tembladeral y retira el pie a tiempo. Habiéndolo hundido un poco más ya no podría sacarlo, lo arrastraría.

Recuerdo, a propósito de esto, la conversación con un sacerdote, párroco en una iglesia de Rivera. Auxilió en alguna forma a gente del Movimiento. Fue detenido, trasladado al cuartel, maltratado y finalmente procesado con el eterno versito: "Atentado a la Constitución en el grado de Conspiración". Ya habiendo sido trasladado a Libertad, le fue cambiada la tipificación del delito por la de "Asistencia a la Organización", delito excarcelable, de modo que pudo salir bajo fianza. Conversando conmigo —un rostro inteligente, de mirada viva, el pelo todavía creciendo mal después de tantas rapadas—, me decía: "Es increíble la capacidad de recuperación que tiene la gente. Allá en Libertad hay gran solidaridad, gran compañerismo. La gente en general está con un ánimo bárbaro". "Ya he oído eso —le dije—.

its. Sometimes we go past them for an instant and quickly come back, like someone who steps in a quagmire and pulls his foot out just in time. If his foot had sunk in a little more, he wouldn't have been able to get out. It would have dragged him in.

Speaking of this, I remember a conversation with a priest, the parish priest of a church in Rivera. In some way he assisted the people of the Movement. He was arrested, put in jail, beaten, and finally prosecuted with the eternal little line: "Attack on the Constitution with the intent of conspiracy." After he was transferred to Libertad Prison, the classification of his crime was changed to "Assisting the Organization," a crime not punishable by imprisonment such that he was able to leave on bail. Talking to me—with his intelligent face, lively eyes, his hair still growing badly after so many shavings—he said, "It's incredible what capacity for recuperation people have. Over in Libertad, there is great solidarity, great camaraderie. The people in general there are in good spirits."

"I've heard that," I said. "But you said, 'in general,' meaning not everyone, right?"

Pero usted dijo: «en general», quiere decir que no todos, verdad?"

"No, no todos —me respondió ensombreciéndose—. Hay gente no tan joven, a la que maltrataron demasiado o demasiado tiempo: esos no se recuperan. Andan ensimismados, no se integran, no salen de sí mismos".

¡Salir de uno mismo! He ahí una expresión clave.

"No, not everyone," he said, his face darkening. "There are people who are not so young, who they've beaten too much or for too long. Those people don't recover. They go around withdrawn, they don't integrate themselves, they don't come out of themselves."

To come out of oneself! There's a key phrase.

IV

Tono imprevisible de las visitas. ¿Cómo estará hoy su estado de ánimo? ¿Cómo "saldrá" la visita? Importante es planear todo con anticipación. Por mucho que se haya planeado anteriormente, hay que planearla. Después queda todo librado a extraños azares. "¿No será mejor —me decía una amiga—, que dejes de planear lo que vas a decirle y actúes más espontáneamente?" Y agregaba: "Creo que el pensar que te estás olvidando de algo te hace aumentar la angustia". Efectivamente, eso pasaba. ("Yo tenía que decirte otra cosa y no me acuerdo".) Y todavía peor, estar siempre calculando el tiempo: ¿Cuánto faltará para que termine la visita? ¿Siete, ocho minutos? Y los acompañantes turnándose... los hijos, los hermanos, entran unos, salen otros. Las conversaciones se interrumpen apenas empezadas. La espontaneidad.... Es que es imposible ser espontáneo en esas condiciones. Algunas lo fueron, pero entonces ocurrió que lloraban, por ejemplo y no decían nada. La mayoría mantenía firme la sonrisa, luchando por hacerse oír en el tumulto de voces

IV

Unforeseen tone of the visits. How will his spirits be today? How will the visit "turn out"? Important it is to plan everything ahead of time. No matter how much it's been planned beforehand, the visit still has to be planned. After that the rest is left to strange chance. "Wouldn't it be better," said a friend, "if you stopped planning what to say to him and acted more spontaneously?" She added, "I think worrying that you've forgotten something only adds to your anxiety." This is exactly what happened. ("I had to tell you something else but I don't remember what it was.") And even worse, always calculating the time: How much left before the visit is up? Seven, eight minutes? And everyone with me taking their turns... the children, your siblings, some come in, others go out. The conversations are interrupted before they're hardly begun. Spontaneity.... It's just that it's impossible to be spontaneous under those conditions. Some people were, but then they ended up crying, for example, and didn't say anything. The majority kept a firm smile, struggling to hear in

entremezcladas.

Uno de los peores días: nos habían puesto no sé por qué demasiado lejos los bancos de la mesa, de modo que era necesario gritar, y todo el diálogo se volvía espantoso. Los niños ni siquiera trataban de hablar, después de varias tentativas frustradas. Sus voces se perdían en el griterío. Tú terminabas fingiendo oírlos ¿verdad? Y ellos se daban cuenta, porque a todas sus frases asentías, inclinando la cabeza de la misma forma.

Así ocurría que no quisieran, a veces, ir al cuartel. Eso ocurrió al principio; querían verte en casa, no allí. Todo el ambiente los desconcertaba y lo peor es que debía ir a sacarlos de la escuela, pidiéndole permiso a la maestra. Llegaban al cuartel todavía con la túnica puesta y el cambio de ambiente era demasiado brusco. Ya estaban en la cola al sol, ya estaban frente al soldado que les revisaba los bolsillos de la túnica, y ya pasaban frente a la larga mesa, entre el bochinche de conversaciones cruzadas de todos lados.

Tú te esforzabas tanto en parecer alegre, despreocupado, preguntándoles cosas muy concretas, hablando de paseos que

the tumult of tangled voices.

One of the worst days: they put the benches I don't know why too far away from the table so that everyone had to shout, and the whole conversation turned dreadful. The children didn't even try to speak after several frustrated attempts. Their voices were lost in the shouting. You ended up pretending to hear them, right? And they realized it, because you said yes to everything they said, nodding your head in the same way.

That happened in the beginning, and it was why they sometimes didn't want to go to the prison; they wanted to see you at home, not there. The whole atmosphere upset them, and the worst was that I had to take them out of school, asking permission from the teacher. They got to the prison with their school uniforms still on and the change was too abrupt. Now they were in line in the sun, now they were in front of the soldier who searched the pockets of their tunics, and now they were walking up to the long table in the din of conversations crossing from all sides.

You forced yourself so much to look happy, carefree, ask-

iban a realizar juntos, después.... Después, cuándo, papá, decían los ojos claramente, aunque no lo preguntaran. Y entonces sonaban las palmadas que anunciaban el fin de la visita. Tú torcías la cara para no ver cuando nos íbamos. Me ha quedado tu imagen así, con la cara vuelta hacia un lado, los brazos cruzados y apretados, cada vez más mezclado entre los otros, cada vez menos visible.

ing them about very specific things, talking about outings you would go on together, later…. Later, but when is later, Papá, they said with their eyes, though they didn't ask it. And then the claps sounded, announcing the end of the visit. You turned your face away in order not to see when we left. The image of you like that has stayed with me, your face turned to one side, your arms tightly crossed, each time more mixed in with the others, each time less visible.

V

Otras veces, de entrada ya la visita se anunciaba diferente. Los bancos estaban más próximos o había menos gente. La conversación surgía fluida, animosa, sin afectación y transcurría así toda la hora, contándonos mutuamente cosas diversas, tratando de integrar las dos vidas separadas.

Me enteraba así de detalles de la vida en el cuartel, como por ejemplo el significado de los distintos toques de trompeta: el toque de diana, de retreta, de Puerta franca.... Y a las nueve de la noche, el "toque de silencio", de modo que ya no se podía hablar y había que acostarse. "¿A qué horas les apagan la luz?" pregunté un día ingenuamente. "No la apagan nunca", me contestaste. Al llegar las nueve en casa te imaginaba entonces así, con el brazo doblado sobre los ojos, acostado, pensando en nosotros.

¡Larguísimas noches! Sin embargo, después que empezaron las visitas, ¡cómo empezó a pasar rápidamente el tiempo! ¿No es cierto? Por lo visto, el fenómeno era igual dentro y fuera del cuartel: los días pasaban velozmente. Trato de explicarme

V

Other times, from the moment I walked in, the visit promised to be different. The benches were closer together or there were fewer people. The conversation was fluid, animated, unaffected, and went on like that for the whole hour, each of us telling the other about various things, trying to integrate the two separate lives.

That's how I found out about details of life in the prison, like the meaning of the different trumpet calls: the reveille, the retreat, the Open Door.... And at nine p.m., the "call for silence," meaning no one could talk and everyone had to go to bed. "What time do they turn off the lights?" I asked ingenuously one day. "They never turn them off," you said. So when it was nine o'clock at home I imagined you like that, with your arm folded over your eyes, lying in bed, thinking of us.

Such long nights! Even so, after the visits started, how quickly time began to pass! Isn't that right? Apparently the phenomenon was the same inside the prison as outside: the days

esto tan extraño, tan en contradicción con lo que creímos que pasaría. En tantos años de matrimonio nunca habíamos estado separados más de una semana; imaginábamos entonces que cada semana de separación sería sentida como un mes, pero ocurría al revés: los meses pasaban como semanas. ¿Por qué? Pienso que se debía al hecho de sólo contar los días de visita como días vivos, reales. Los otros días eran sólo antecedentes de la visita o prolongaciones de ella; entonces los meses tenían sólo cuatro días, se reducían a ellos.

A veces veía nuestra situación por imágenes: por ejemplo, veía un almanaque como un camino largo, sobre el que pasaban mis pies dando zancadas, sábado a sábado, visita a visita.

Las cartas ayudaban muchísimo; —ayudan— a acortar el tiempo. Al principio, no eran muy espontáneas; ni siquiera me parecía tu letra, ahora tan clara, tan prolija. Después gradualmente, empezó a no importarnos el hecho de que fueran leídas (venían con un sello: "censurado") y escribíamos cualquier cosa. Bueno, cualquier cosa no, naturalmente. Aquí y en Rivera se permite sólo una carilla, pero "pueden escribir todos los que

flew by. I'm trying to understand this, since it was so strange, so contradictory to what we had thought would happen. In all our years of marriage we had never been separated for more than a week, so we imagined that every week of separation would feel like a month, but the opposite occurred: the months passed like weeks. Why? I think it was because we counted only the visit days as real, living days. The other days were just antecedents to the visit or prolongations of it; so that the months had only four days, they were reduced to those.

Sometimes I saw our situation in images: for example, I saw the calendar like a long road down which my feet went striding, Saturday to Saturday, visit to visit.

The letters helped a lot—they help now—to shorten the time. At first they weren't very spontaneous. It didn't even look like your handwriting, so clear, so meticulous. Then gradually we stopped caring that they were read (they came with a stamp: "censored") and we wrote about whatever happened, anything. Well, not just anything, of course. Here and in Rivera only one side of the paper was allowed, but "everyone who wants to can

quieran", generosamente nos aclaró el soldado.

Claro que en la misma carilla, una vez por semana.

La letra se hacía chiquita pero prolija. No se permitía escribir fuera del renglón. Los niños escribían un par de renglones cada uno, especies de mini-cartas: "Querido papá: Te voy a mandar un dibujo de un dinosaurio, pero yo no lo copié. Muchos besos". "Querido papá: Ayer vi una película muy linda; el dragón se comía a casi todos. Besos, Jorge". Yo, a mi vez, te escribía con cuidado de no caer en ninguna trampa del lenguaje o de los sentimientos. Debía ser un tono familiar, pero no demasiado afectivo.

write," a soldier generously explained to us.

On the same side, of course. Once a week.

The handwriting became small and precise. We were not allowed to write outside the lines. The children wrote two lines each, a kind of mini-letter: "Dear Papá, I'm sending you a drawing of a dinosaur, but I didn't copy it. With love." "Dear Papá, Yesterday I saw a great movie. The dragon ate almost everyone. Love, Jorge." As for me, I wrote being careful not to fall into any verbal or sentimental trap. It had to be a familiar tone, but not too emotional.

VI

Vuelvo a las visitas. Un día me dijiste: "Hace unos días que por fin abro los ojos de mañana, veo el techo de zinc y no me ocurre lo que me pasaba siempre en ese momento". "¿Y qué era?" "Bueno, yo, al dormirme, volvía a nuestra vida normal, antes.... Soñaba por ejemplo que hacía visitas en el auto contigo a mi lado, conversando o que estaba leyendo en casa en el consultorio y oía los gritos de los niños, de los nenes que jugaban en el comedor.... De pronto me despertaba, abría los ojos, veía el techo de zinc en vez del techo de nuestro cuarto y sentía que dejaba la realidad y entraba en la pesadilla".

Así me pasaba también a mí. El sueño era la realidad, lo comprensible lo que debía ser, mientras que la realidad verdadera tenía la cualidad de las pesadillas, en las que no es necesario que aparezca algo espantoso: los objetos más comunes pueden provocar angustia. Se puede soñar simplemente que se camina entre árboles por una larga avenida. Ese simple sueño puede ser ya una pesadilla: los árboles son árboles, pero son algo más, indefinible;

VI

Back to the visits. One time you said, "Finally, for several days now, I open my eyes in the morning, see the zinc roof, and what always used to happen to me in that moment doesn't happen anymore."

"And what was that?"

"Well, when I fell asleep, I would go back to our normal life, before.... For instance, I would dream I was making house calls with you beside me in the car, talking, or that I was reading at home in the consulting room and heard the kids shouting, the little ones playing in the dining room.... Suddenly I would wake up, open my eyes, see the zinc roof instead of the ceiling in our bedroom, and feel like I was leaving reality and entering a nightmare."

That happened to me, too. Dream was reality, the comprehensible the what should be, while true reality was like a nightmare. In nightmares, something scary need not appear. The most common objects can provoke anxiety. A person can dream that he is simply walking down a long avenue lined with trees, and

cada paso que se da se hace más difícil, más pesado; puede el caminante sentir que no sólo camina, sino que se hunde y despertar sobresaltado, bañado en sudor.

En nuestra situación era al revés: el sueño nos volvía a la normalidad, en forma de fragmentos de nuestra vida cotidiana y al despertar la sola visión del techo diferente era extraordinariamente anormal, signo de la nueva vida distorsionada.

Sin duda la verdadera piedra de toque de lo que llamamos realidad es la posibilidad de ser integrada, de ser asimilada a nosotros. Un hecho demasiado disonante con el resto de nuestra experiencia será considerado irreal, fantástico. De ahí procedía esa inversión de la dualidad realidad-sueño, inversión que no podía durar demasiado ni intensificarse sin que se perdiera la estabilidad mental.

Me alegró saber que ya abrías los ojos sin sobresalto: el techo de zinc ya estaba integrado a la nueva experiencia, la nueva situación adquiría la cualidad de inteligible: hemos sido derrotados y estamos prisioneros, y eso es todo.

that simple dream can already be a nightmare: the trees are trees, but they're something more, something indefinable; every step becomes heavier, more difficult; the walker can feel that he is not only walking, but sinking, and wake up startled, bathed in sweat.

Our situation was the opposite: dreams took us back to normality, in the form of fragments of our daily life, and when we woke up, the mere sight of the different roof was extraordinarily abnormal, a sign of the new distorted life.

Certainly the true touchstone of what we call reality is the possibility of its being integrated, of its being assimilated by us. A fact too dissonant with the rest of our experience will be considered unreal, fantastic. Thus the inversion of the reality-dream duality, an inversion that could not last too long or intensify without one losing one's mental stability.

I was glad to know that you were opening your eyes now without being startled. The zinc roof was now integrated into the new experience, the new situation was acquiring the aspect of intelligibility: we have been defeated and we are prisoners, and that is all.

VII

Otra visita, después de siete meses. Brilla tu mirada relatándome un episodio extraordinario: simplemente, ver el cielo de noche.

El hecho ocurrió por la demora de un camión del ejército que iba a buscarles a la fábrica donde hacían bloques hasta el atardecer. "Ya habíamos dejado de trabajar y esperábamos sentados haciendo ruedas, como alrededor de fogones imaginarios. De pronto vi que en el cielo empezaban a aparecer las estrellas y justamente frente a mí, se empezó a dibujar la constelación del Escorpión, hermosísima. ¿Te acordás cuando la mirábamos desde la carretera? ¿Y cuando aparecía de madrugada? Ahora se ve en cuanto anochece. Búscala esta noche cuando vuelvas a casa...". Yo asentía con entusiasmo. Todo lo que decimos en esta visita nos sale lleno de ímpetu, estamos como borrachos de una alegría rarísima, que da punzadas como alfilerazos, pero es alegría. Y sin embargo, pienso fugazmente, con pena, he aquí otra vez la experiencia intransferible. Escorpio no puede brillar

VII

Another visit, after seven months in prison. Your eyes shine, telling me about an extraordinary episode: simply, seeing the sky at night.

It happened because the army truck was delayed coming to pick you up from the factory, where everyone was making bricks until dusk. "We had already stopped working and we sat down in circles to wait, like sitting around imaginary campfires. Suddenly I saw the stars coming out in the sky, and right in front of me the Scorpio constellation began to appear. It was so beautiful. Remember that time we looked at it from the highway? When it appeared at dawn? Now you see it as soon as it gets dark. Watch for it tonight when you go home...." I nod eagerly. Everything we say in this visit comes out in a rush, as if we're drunk on a rare happiness, one that gives jabs of pain like pinpricks, but it's happiness. Even so, I think fleetingly, painfully, here again is the untransferable experience. Scorpio cannot shine for me as it shines for him, after seven months of not seeing the night sky. The taste

para mí como brilló para él, después de siete meses sin ver el cielo nocturno. El sabor del agua después de una larga sed.... También las visitas pueden compararse con el agua: un sorbito para los que estamos sedientos todo el tiempo.

Es así que el sufrimiento cede lugar de a ratos a esa especie de alegría violenta, momentánea, de poder mezclar las voces, las miradas, durante una hora. Y aunque no estás hablando conmigo todo el tiempo, puesto que están los hijos, la madre, los hermanos siempre turnándose, yo estoy toda la hora oyéndote, viéndote. Tu imagen y el sonido de tu voz me duran todo el resto del día y todo el día siguiente. Haga lo que haga, mentalmente estoy todavía en la visita.

Y después viene la carta, y preparar el bolso, la ropa, los libros, y después la otra visita. ¿Cómo no va a pasar rápido el tiempo?

Ahora he comprendido mejor el papel de lo rutinario, lo habitual, todo aquello que se repite cíclicamente y que tan desdeñable me pareció siempre. Ah, la rutina, achatando, empobreciendo, insensibilizando. Muy cierto, no lo discuto. Esa función

of water after a long thirst.... The visits can also be compared to water: a sip for those of us who are thirsty all the time.

That's how suffering gives way once in a while to that kind of violent, momentary happiness, with its power to mix voices, gazes, for an hour. And even though you're not talking with me the whole time, since the children, your mother, your siblings are always taking their turns, I'm listening to you, seeing you for the whole hour. Your image and the sound of your voice last me the rest of the day and all of the next day. Whatever I do, mentally I'm still in the visit.

And then the letter comes, and the preparation of the bag, the clothes, the books, and then another visit. How can time not go quickly?

I understand better now the role of routine, habit, everything that repeats itself cyclically, and which to me always seemed so contemptible. Ah, routine: flattening, impoverishing, desensitizing. Very true, I don't dispute that. It fulfills those functions without a doubt, and with age we human beings transform ourselves into "bundles of habits," incapable of un-

se cumple, sin duda, y los seres humanos nos transformamos con la edad en "manojos de hábitos", incapaces de comprender nada nuevo, sólo lo viejo, sólo lo repetido. Pero frente a todo eso, ahora intento una defensa, y no por el papel de adaptación que poseen los hábitos, sino por otra cosa. Por una especie de densidad, de mayor consistencia que adquieren los hechos repetidos: ese almuerzo en común, ese estar sentados todos a la mesa, juntos, todos los días, le da a la hora del almuerzo una cualidad especial, es más real que la fugaz hora del desayuno disperso, cada uno por su lado.

derstanding anything new, only the old, only the repetitive. But in spite of all that, I will attempt a defense, and not of the role of adaptation that habits have, but of something else. Of a kind of density, a greater consistency that repeated actions acquire: the dinner in common, everyone sitting at the table, together, every day—it gives the dinner hour a special quality, makes it more real than the fleeting hour of scattered breakfasts, everyone off on his own.

VIII

También los niños necesitan integrar la situación nueva a sus vidas. En la escuela sus compañeros decían: "Por qué está en el cuartel tu padre?" "¿Tu padre es tupamaro?" No sabían qué contestar, volvían tristes, avergonzados. Yo trataba de plantear las cosas con extrema simplicidad, para que resultaran claras a una mentalidad de siete años: "Ustedes no se dieron cuenta, pero hubo una guerra y había dos bandos, los tupamaros y el ejército. Los tupamaros perdieron y por eso el ejército los tiene prisioneros en los cuarteles". "¿Y cuándo peleó papá en esa guerra?" "No, él no peleaba, pero mandó remedios para los que peleaban, los ayudó y por eso lo detuvieron".

De pronto surge una pregunta inesperada, pero muy importante, parece, por la seriedad del que la hace: "Y los del bando de papá, ¿tenían bazookas?" (¿Dónde habrán aprendido esa palabra?) Contesto que sí, que tenían, y que las habían hecho ellos mismos. Resplandecen de entusiasmo y yo temo haber ido demasiado lejos. El hecho es que ya no están tristes. En la escuela

VIII

The children also need to integrate the new situation into their lives. At school their classmates demanded, "Why is your father in jail?" "Is your father a Tupamaro?" They didn't know what to answer. They came home sad and ashamed. I tried to present things with extreme simplicity so they would be clear to a seven-year-old mentality, "You children didn't realize it, but there was a war and there were two sides, the Tupamaros and the army. The Tupamaros lost, and that's why the army keeps them in jail."

"When did Papá fight in that war?"

"No, he didn't fight, but he sent medicine to those who were fighting. He helped them, and that's why he was arrested."

Suddenly an unexpected question comes up, but a very important one, it seems, by the seriousness of the one who asks it, "And the people on Papá's side, did they have bazookas?" (Where would they have learned that word?) I answer yes, they had them, they made the bazookas themselves. The children ra-

hay bandos siempre en guerra; a veces pierden, a veces ganan, pero no hay nada vergonzoso en perder. Los veo iniciar un juego: uno sobre la cama, el otro en el suelo, y hacer un ruido infernal.

diate excitement and I'm afraid of having gone too far. The fact is, they're no longer sad. At school there are always sides at war; sometimes they lose, sometimes they win, but there's nothing shameful in losing. I watch them start a game: one on the bed, the other on the floor, and they make a hellish noise.

IX

Extraño poder el de la música, que se ha vuelto sutil enemiga. En los cuarteles en general, no se permitía escuchar nada, estaba prohibida la radio. En Salto, en cambio, se permitió un tocadiscos. ¡Gran alegría! Sin embargo, parecía debilitarlos anímicamente.

Todos sabían, desde que se levantó la incomunicación, que debían sostenerse unos a otros y prohibirse a sí mismos toda manifestación demasiado emotiva, toda depresión contagiosa. No se trata de obligarse a la alegría, pero era necesario tratar de estar animado, ser animoso. Así se defendieron también de las fechas: Nochebuena, Fin de año, Reyes. Las tomaban en broma, hacían brindis con agua, contaban anécdotas graciosas. Ahora me enteré que en Nochebuena, celebrando en esa forma, hubo un momento malo. Había bajado el tono de las conversaciones y se filtró, desde afuera de la calle, una canción cantada por muchachos que iban a algún baile. Entró la canción, libre, alegre, y apagó las voces, quitó la fuerza que sostenía las sonrisas.

IX

Music has a strange power, one that has turned it into a subtle enemy. In most of the prisons, they were not allowed to listen to anything—the radio was prohibited. In Salto, though, a record player was allowed. Such happiness! But it seemed to weaken them mentally.

They all knew, from the time the incommunicado status was lifted, that they had to support one another and prevent themselves from any overly emotional display, any contagious depression. This doesn't mean they forced themselves to be happy, but it was necessary to try to act spirited, to be brave. That way they could also defend themselves against the holidays: Christmas Eve, New Year's, the Day of the Three Kings. They treated them as a joke, making toasts with water, telling funny stories. I just found out that on Christmas Eve, while they were celebrating in this way, there was a bad moment. The noise of the conversations had lowered, and from the street outside a song filtered in, sung by young men on their way to a dance. The

Pienso otra vez en esos cambios de iluminación bruscos en que las mismas cosas se ven a muy diferente luz. Siempre me impresionó la forma en que pueda cambiar una escena, el sentido mismo de un episodio, por la música. Recuerdo en Tambores, cuando te tocó encargarte un tiempo de la Policlínica y estuvimos allí unos meses juntos. Las calles eran de tierra; el viento levantaba un polvo fino, asfixiante. De día, el calor ahogaba, pero las noches eran frescas, y como no existía casi iluminación eléctrica, el cielo nocturno era una presencia deslumbrante sobre nuestras cabezas. En el pueblo, el cura párroco había resuelto organizar una representación teatral religiosa, un verdadero "auto" medieval. Allí aparecía la Virgen, San José, los Reyes Magos, el Niño-Dios. No eran actores, naturalmente, sino gente del pueblo, muy mal disfrazada, que asumía esos papeles con entusiasmo, pero los diálogos eran bastante absurdos, bordeando lo ridículo, y sin embargo, cuando se levantaron y empezaron a cantar viejísimos villancicos, las voces solas, sin ningún instrumento que las sostuvieran, adquirieron de pronto una pureza extraordinaria. Todo cambió bruscamente. La canción había dado un sentido nuevo y

song came in, free, happy, and silenced the voices, took away the strength that had held up the smiles.

Again I think of those abrupt changes of illumination in which the same things are seen in a very different light. It has always impressed me how a scene—the meaning itself of an event—can be changed by music. I remember living in Tambores, when it was your turn to direct the health clinic for a while and we were there together for several months. The roads were dirt; the wind lifted up a fine, choking dust. During the day the heat was suffocating, but the nights were cool, and since there was almost no electric light the night sky was a dazzling presence over our heads. In the town, the parish priest had decided to organize a religious play, a true medieval allegory play. It had the Virgin, Saint Joseph, the Three Kings, the Boy-God. They weren't actors, of course, just townspeople—very badly costumed—who took on the roles enthusiastically, speaking simple dialogue that bordered on the ridiculous. But when they stood up and began to sing the oldest Christmas carols, their voices alone, without any instruments to support them, suddenly acquired an extraor-

profundo a toda la situación, transformando todo, iluminando.

Allí también, en el cuartel, una canción iluminó brusca-mente, pero allí entró a traición, allí fue una invisible y poderosa enemiga.

dinary purity. Everything changed abruptly. The song gave a new and deep meaning to the whole situation, transforming it all, illuminating it.

There, too, in the prison, a song abruptly illuminated the situation, but there it entered treacherously, there it was an invisible and powerful enemy.

X

Supe que te trasladan nuevamente. Ahora es al temido Penal: Libertad, en San José. He visitado a todas las amigas que tienen sus esposos allí. Las reacciones son diferentes. Me muestran cartas y manualidades hechas en el Penal. L... me cuenta detalles. Al principio, en las visitas —sólo media hora cada quince días— se hablaba a través de un pequeño agujero practicado en el vidrio; cuando él hablaba, ella debía a su vez poner el oído cerca del agujero, y luego era al revés: ella hablaba y él se ponía de perfil. En cierto momento, el esposo le dijo: "No hables, no hablemos por unos minutos, así puedo mirarte un poco de frente".

Ahora ya no era así; habían instalado teléfonos. A veces se oía bien, a veces mal. "No son verdaderas visitas —me decía L...—, son simulacros de visitas; nunca se puede saber realmente cómo se encuentran. Todos parecen iguales: rapados, uniformados, con el número sobre el pecho y la espalda". A veces poníamos la mano sobre el vidrio, cada uno de su lado, pero el soldado

X

I found out they're moving you again. This time it's to the feared Prison: Libertad, in San José. I've visited all my friends who have husbands there. Their reactions are different. They show me letters and crafts made in the prison. L. tells me details. At first, during the visits—only half an hour every fifteen days— they had to talk through a little hole drilled in the glass. When her husband was talking she had to put her ear up to the hole, and then the other way around: she talked and he turned his head in profile. At one point her husband said to her, "Don't talk. Let's not talk for a few minutes so I can see you face to face."

It wasn't like that anymore. They had installed tele- phones. Sometimes one heard well, sometimes not. "They're not real visits," L. said. "They're semblances of visits. You can never really know how the other person is. Everyone looks the same: shaved, uniformed, with the number on their chest and back." Sometimes you and I would put a hand on the glass, each of us from our own side, but the soldier on guard made us

de guardia nos hacía retirarla. Allí los oficiales y soldados no están armados. Los que tratan con las visitas son serios, correctos, casi amables. "Pero hay una crueldad refinada en todo eso", dice L.... Todo es gris, todo es frío, neutro; no visitamos personas, sino números. "¿A quién visita?" "Al número 1924". (No se debe contestar con un nombre.) Ellos tienen larguísimas listas. Toda la mañana se corre de un lado para otro, haciendo colas, entregando papeles, bolsos.

Miro el rostro de la que me habla. Ha sido arrasado por el sufrimiento. Ella tenía un modo de hablar sonriendo a veces irónicamente con los ojos brillantes. Ahora todo lo que asoma en el rostro es amargura. Todavía sonríe y hubiera preferido que no lo hiciera. Me resulta doloroso mirarla, oírla. Me muestra dibujos, cuentos, poemas. Su esposo estuvo cuatro meses en confinamiento solitario y le fue muy difícil esa experiencia. Ahora está acompañado y trabaja como químico en el Penal mismo.

put them down. The officials and soldiers there are not armed. Those who handle the visits are serious, correct, almost friendly. ("But there's a refined cruelty in all of that," said L.) Everything is gray, everything is cold, neutral; we don't visit people, we visit numbers. "Who are you visiting?" "Number 1924." (You can't answer with a name.) They have extremely long lists. You spend the whole morning running from one side to the other, waiting in line, handing in papers, packages.

I look at the face of the woman who is talking to me. It has been devastated by the suffering. She used to talk with shining eyes, smiling ironically sometimes. Now all that shows in her face is bitterness. She still smiles, and I would have preferred that she didn't. It's painful to look at her, to hear her. She shows me drawings, stories, poems. Her husband was in solitary confinement for four months and it was a very difficult experience for him. Now he's with the others and works as a chemist in the same Libertad Prison.

XI

Día primero de mayo. Amaneció un día soleado, tibio, sin viento y un cielo azul muy fuerte. Espero tu carta hoy, ¿la traerá S...? Lavo tu ropa pensando: "¿Vendrá hoy la carta?" Mi pensamiento aparece cortado por imágenes de los diarios, con las fotografías de las tres muchachas muertas por las Fuerzas Conjuntas. ¡Tan jóvenes! Imagino los cuerpos ametrallados sobre el piso del apartamento. (Parece que les dispararon a través de la puerta; nunca se sabe bien los detalles.)

Salgo afuera, al fondo, entre los árboles. Aire tibio que no han de sentir más, luz que no las alumbra ya. Tan jóvenes. Pienso en los jóvenes chilenos que desde las azoteas resistían cuando ya toda resistencia era inútil. El azul intenso del cielo resulta ofensivo. Vuelvo a entrar. Te veo ahora a ti en la celda, junto a la ventana. ¿Vendrá hoy la carta? Llama el teléfono. Es S.... No, no entregaron cartas. No dijeron motivos.

Anoche escuché la radio: Comunicado militar. Alerta a la población sobre plan sedicioso descubierto. Planeaban el prim-

XI

The first of May. The day dawned sunny, warm, with no wind and a deep blue sky. I expect your letter today—will S. bring it? I wash your clothes, thinking, "Will the letter come today?" My thoughts are cut off by pictures in the newspapers, the photographs of the three young women killed by the Joint Forces. So young! I imagine the bodies machine-gunned on the floor of the apartment. (It seems they shot them through the door; one never knows the details very well.)

I go outside to the back, among the trees. Warm air they won't feel anymore, light that doesn't shine on them anymore. So young. I think about the young Chileans who resisted from the rooftops when all resistance had become useless. The intense blue of the sky turns offensive. I go back in. I see you now in your cell, next to the window. Will the letter come today? The phone rings. It's S. No, they didn't give out letters. They didn't say why.

Last night I listened to the radio. Military communiqué.

ero de mayo provocar desórdenes y enfrentamientos. Se encontraron también arsenales, gran cantidad de armas y propaganda. El comunicado no dice cuándo ni dónde fueron encontrados el plan y las armas. "Es evidente —me dice—. Es un pretexto para prohibir las manifestaciones del primero de mayo".

Anochece ahora, con extraordinaria suavidad. Al entrar, vuelvo a ver el diario. ¿Qué valor pueden tener ahora las informaciones? Todo es distorsionado, falseado. Pero en realidad ¿qué pretenden? Tienen una necesidad imperiosa de mentir. Son herramientas.

Alert to the people: seditious plot uncovered. They planned to cause disruptions and confrontations on May first. Also found were arsenals, with a large quantity of weapons and propaganda. The communiqué did not say when or where the plot and the weapons were discovered. "It's obvious," someone tells me. "It's a pretext for prohibiting the May Day demonstrations."

Night is falling now with extraordinary softness. Going in, I see the newspaper again. What value can the news have now? Everything is distorted, falsified. But in reality, what are they aiming at? They have an imperious necessity to lie. They are tools.

XII

En la cola del Penal corría el rumor, en voz baja: Ayer se mató uno en el quinto piso. Empezaron a aparecer datos más precisos: era de nuestra ciudad, dicen que el apellido era P.... Era un muchacho joven... dicen que se ahorcó con una cuerda de nylon.... Aparecía también la desconfianza en muchos rostros. ¿Qué habría de cierto en todo eso? Todos recordábamos los muertos de "Muerte natural" en los cuarteles.... Los comunicados militares decían "síncopes", "accidentes"....

Hace un tiempo, todavía salían en los diarios de izquierda que ahora no existen, las denuncias: "Muerte por tortura en un cuartel". Esas noticias espantaban; ahora sabemos que siguen torturando pero ya no sale nada en los diarios. En el Penal, parece que no torturan, pero en realidad no estábamos seguros. La estructura era horizontal, con disciplina y trato diferente en cada piso: mejor en los superiores, peor en los más bajos. Esto no es seguro tampoco.

Justamente, el quinto piso era considerado el mejor. ¿Qué

XII

In low voices the rumor ran down the line at Libertad Prison: Yesterday one of them killed himself on the fifth floor. More precise details began to emerge: he was from our city... they say his last name was P.... he was a young man... they say he hanged himself with a nylon cord. Distrust appeared on many faces. What was true in any of that? We all remembered the ones who had died of "Natural Death" in the prisons. The military communiqués said "syncope," "accident"....

Some time ago the accusations—"Prisoner Tortured to Death"—still appeared in the leftist newspapers, which no longer exist. That news was frightening, and we know they keep torturing, but nothing is mentioned in the papers anymore. In Libertad, it seems they didn't torture, but actually none of us were certain. The structure of the prison was horizontal, with different treatment and discipline on each floor: better on the top floors, worse on the bottom floors. This was not certain, either.

Just so, the fifth floor was considered the best. What had

habría pasado en realidad? No lo sabemos; no lo sabemos tal vez nunca.

En la cola seguían los comentarios: "¿Cómo estará el ánimo de todos, ahí dentro?" Nosotros tratábamos de recordar.... ¿Cuál era? De pronto alguien dijo el apodo: "Le decían Ch..., ¿te acordás?" Surgió entonces, nítidamente el rostro del muchacho que se sentaba muchas veces muy cerca de ti en Rivera: el pelo muy negro, muy lacio, los ojos oscuros. Recordamos también a la madre que lo visitaba. Era de un barrio de nuestra ciudad, gente muy pobre. Tanto que se ha reprochado al Movimiento el no estar integrado por gente de pueblo, y ahora era justamente un hijo del pueblo el que había muerto.

Fui ayer a la casa. Es un rancho humildísimo. El padre, apagado, quieto. La madre, hablando y llorando: "¡Tanto que pensamos cómo sería el día en que él volvería! ¡Y volvió así, volvió así, envuelto en una sábana, tirado en el piso de un camión!"

really happened? We don't know. We may never know.

In line, the comments continued: "I wonder how every-one's morale is in there?" We tried to remember... which one was he? Suddenly someone said his nickname, "He was called Ch., remember?" His face came clearly to my mind—he was the young man who had sat near you several times in Rivera, with his straight black hair, his dark eyes. We also remembered his mother, who had visited him. He was from a very poor neighborhood in our city. The Movement has been so reproached for not including ordinary people, and now it was just such a person who had died.

I went to his house yesterday. It is the humblest mud brick hut. The father, extinguished, motionless. The mother, crying and saying, "We thought so much about the day when he'd come back. And he came back like that! He came back like that—wrapped in a sheet, thrown in the back of a truck!"

Notes and Postscript

Translator's Note

In December 1986, the Uruguayan Parliament passed a law granting amnesty to the military. Upset with this turn of events, a group of civilians decided to force the issue to a nation-wide referendum. This required gathering signatures from twenty-five percent of Uruguay's population. The signature gathering took a full year, and it was during this time that Maia published *Un viaje a Salto*. Because the country's political future was so uncertain when the book was published, Maia disclaimed authorship in the introduction in order to protect herself, her family, and her friends.

Maia's husband was arrested in their bedroom at 3 a.m. in 1972. Soldiers burst into the house unannounced and went upstairs to arrest both husband and wife. Maia's youngest child had just been born, and Maia protested to the soldiers that she could not leave the baby. They let her stay, but took her husband. Maia did not find out where her husband was or whether he was still alive until four months later, when she read his name on a list

of prisoners in the newspaper. He was released after two years.

Un viaje a Salto was reissued in Uruguay in 1992, with a new introduction acknowledging Maia as the author.

Stephanie Stewart

Postscript by Lawrence Weschler

Late in 1986, shortly after the return of limited constitutional rule, Uruguay's parliament, under fierce military pressure and at the behest of the transitional civilian president Julio Sanguinetti, passed an amnesty completely absolving the security forces of the prior regime of liability for any of their depradations. Thousands of Uruguayan civilians thereupon launched an extremely difficult and dangerous signature-gathering campaign, designed to force a referendum on the subject. As a *New Yorker* staff writer, I went to Uruguay in the months thereafter to cover that campaign and the resultant referendum. In the end, a majority of Uruguayans decided not to overturn the amnesty after all.

—L.W.

New York, 2004

Weschler's reports were subsequently collected and published in the book A Miracle, A Universe: Settling Accounts with Torturers. *The following passages have been excerpted from the*

1998 University of Chicago Press edition.

Weschler recounts a conversation with Marcelo Vignar, an Uruguayan psychoanalyst:

We'd spoken about a lot of things the night before. Vignar... had lived in exile from 1975 till just recently, holed up in Paris, though aching every day to return.... Yes, we'd spoken about the days when Uruguay had enjoyed a reputation as one of the most democratic, socially progressive nations *anywhere in the world*—an oasis of stability and social concord on a particularly troubled and turbulent continent. We'd spoken of the gradual disintegration, during the late fifties and sixties, of the prosperity which undergirded that stability, and of the resultant polarization of Uruguayan life—how an increasingly reactionary political establishment, confronted with a dynamic, tactically sophisticated urban guerrilla movement, the Tupamaros, came increasingly to rely on a once laughably inconsequential military apparatus for the suppression of that movement and subsequently of virtually all the country's progressive sectors (which, in Uruguay, was arguably virtually all of the country):

128

the unions and professional associations and universities and newspapers and then the political parties themselves. We spoke of the sequence, from 1968 on, of increasingly constrictive states of emergency which culminated, in 1973, in a coup in which the military swept away even the façade of civic normalcy, launching over a decade of brazen dictatorship. From having been the freest nation in Latin America, Uruguay had transmogrified itself into the country with the highest per-capita rate of political incarceration anywhere on earth. (pages 84-85)

Indeed, during the decade of their hegemony, the Uruguayan military managed to run one of the most effective and pervasive totalitarian systems anywhere in the world. It wasn't just a matter of per-capita incarceration statistics, though those were astonishing. Of Uruguay's entire 1970 population of somewhat less than 3 million (half of whom lived in the capital, Montevideo), somewhere between 300,000 and 400,000 went into exile in the next decade and a half. Of those remaining, according to Amnesty International, one in every fifty was detained at one time or another for interrogation; and one in every five

hundred received a long prison sentence for political offenses. (Comparable figures in the United States would have involved the emigration of nearly 30 million individuals, the detention of 5 million, and extended incarcerations for over 500,000.) The sheer scope of this emigration, detention, and incarceration, however, only begins to suggest the extent of the military's absolute mastery of Uruguayan daily life during this period.

I myself began to get a sense of what life in Uruguay must have been like during those years later that very evening when I joined Vignar for dinner at the home he had only just recently begun reclaiming. He'd invited several friends, some of whom had stayed on in Uruguay the entire time. One couple, another psychoanalyst named Ricardo and his wife Beatriz, neither of whom had been imprisoned or exiled, described how nevertheless they'd cowered the entire time. "A few years into the *dictadura*," Beatriz recalled, "we found ourselves one evening looking over our wedding pictures—now, this was only a few years after the wedding itself—and we suddenly realized that hardly anyone in those pictures was still around: this one was in prison, that one

had been disappeared, this other one was in Sweden, his former girlfriend was in Cuba, that one was dead...."

"Meanwhile," Ricardo elaborated, "our own lives became increasingly constricted. The process of self-censorship was incredibly insidious: it wasn't just that you stopped talking about certain things with other people—you stopped *thinking* them yourself. Your internal dialogue just dried up. And meanwhile your circle of relationships narrowed...."

"One was simply too scared," Ricardo continued. "You kept to yourself, you stayed home, you kept your work contacts to a minimum. The suspicion of everyone else, the sense that they were monitoring everything—or else just that reflex of self-protection, how it was perhaps better not to extend one's affections to people who might at any moment be picked up and taken away: all of that served further to famish the social fabric.... It's so hard to describe, or even to remember, what our minds and mindsets were like then. That was then, and this is now—and the two seem utterly divided one from the other. Today I cannot even remember what it was like then. Then I could not even dare to

fantasize what it might be like now." (pages 87-89)

The political establishment had initially reacted to the [signature-gathering] campaign with studious, almost imperious silence (the establishment media was hardly reporting it at all), but the military were being decidedly less circumspect.

Without the generals ever actually saying so, the subtext of many of their well-publicized commentaries was, "Fine, go ahead, sign the petition, that's the list we'll be using next time we come into power." The fact that they were registering any attitude, of course, went against the spirit of the new democratic order, in which they were supposed to remain absolutely subordinate to civilian control. Yet all they had to do was express misgivings about the course of the democracy and the unacceptable resurgence of "the treasonous left," and people felt a fresh waft of the terror that had so characterized the military's earlier tenure. People didn't need to be reminded about that system whereby the military had categorized almost everyone in the country as politically acceptable, suspect, or pariah. People knew that the archives upon which those categories were based were still being maintained. They

knew that the fact of someone's signing a petition, say, against the United States invasion of the Dominican Republic in 1965, back in the days of the Great Democratic Exception, had come up ten years later, during the torture and the summary trials, and that on the basis of little else such a person had received a prison sentence of five years, ten years, or more. And yet, knowing all this, they were signing. By May 26, 1987, the commission reported 438,000 signatures. (pages 177-178)

Soon after the 1989 referendum, in which a majority of Uruguayan voters upheld the amnesty: When I reached Marcelo Vignar, the psychoanalyst who two years earlier had expressed for me his serious misgivings regarding the country's psychopolitical health (in the meantime he'd abandoned Paris, returning to Montevideo for good), I found him, like [Eduardo] Galeano and [Luis] Pérez Aguirre, surprisingly upbeat. "Two years ago," he said, "the authorities were desperately trying to make it seem as if nothing had happened—torture and disappearances and so forth had all been merely marginal, unimportant occurrences, one no longer needed to think about them—and it looked like they were going to

succeed in doing so. But all the work of the past two years forced people to think—*everybody*. The campaign allowed an inscription of all that history into the collective memory, even if, in the end, that inscription couldn't be translated into action." (pages 235-236)

Biographical Notes

Circe Maia was born in Montevideo in 1932. Shortly thereafter, her family moved to Tacuarembó in northern Uruguay. Maia's family returned to Montevideo when she was seven and she continued to live there until she was thirty, completing her studies in Philosophy and Modern Languages at the Universidad de la República Oriental del Uruguay. Maia moved back to Tacuarembó where she taught philosophy at the local high school for many years.

Circe Maia's books of poetry are: *En el tiempo* (1958), *Presencia diaria* (1963), *El puente* (1970), *Cambios, permanencias* (1978), *Dos voces* (1981), *Superficies* (1990), *De lo visible* (1999), and *Breve sol* (2001).

Her books of prose are: *Destrucciones* (1986) and *Un viaje a Salto* (1987).

She currently writes for *Diario de Poesía,* a literary magazine in Buenos Aires. Circe Maia lives in Tacuarembó with her husband.

Stephanie Stewart holds a master's degree in Latin American studies from Stanford University and a bachelor's degree in creative writing from Oberlin College. She spent a year in Uruguay on a Fulbright grant, working with Circe Maia on the translation of Maia's poetry into English.

Lawrence Weschler has been a staff writer at the *New Yorker* since 1981, his work shuttling between political tragedies and cultural comedies. His books with political themes include *A Miracle, A Universe: Settling Accounts with Torturers* and *Calamities of Exile: Three Nonfiction Novellas* (both published in 1998 by the University of Chicago Press); *The Passion of Poland* (1984); and *Vermeer in Bosnia* (2004). He has received many prizes for his work including the George Polk Award (twice), a Guggenheim Fellowship, and a Lannan Literary Award. A graduate of Cowell College of the University of California in Santa Cruz, he has taught there as well as at Princeton University, Sarah Lawrence, Vassar, and Bard Colleges, and is the director of the New York Institute for the Humanities at New York University. He lives with his wife and daughter in New York.

Swan Isle Press is a not-for-profit literary
press dedicated to publishing the works
of exceptional writers of poetry, fiction,
and nonfiction.

La Isla del Cisne Ediciones is the imprint
of the Press for original works in Spanish
published in bilingual editions.

Swan Isle Press, Chicago, 60640-8790
La Isla del Cisne Ediciones

www.swanislepress.com

A Trip to Salto
Un viaje a Salto
Designed by Edward Hughes
Typeset in Sabon
Printed on 55# Glatfelter Natural